박정수 판타지 장편소설
FANTASYSTORY & ADVENTURE

# 뱀파이어
## 무림에 가다

# 5

dream
books
드림북스

# 뱀파이어 무림에 가다 5

초판 1쇄 인쇄 / 2014년 1월 13일
초판 1쇄 발행 / 2014년 1월 20일

지은이 / 박정수

발행인 / 오영배
책임편집 / 편집부
펴낸 곳 / (주)삼양출판사 · 드림북스

주소 / 서울특별시 강북구 솔샘로67길 92
대표 전화 / 02-980-2112  팩스 / 02-983-0660
편집부 전화 / 02-980-2116  팩스 / 02-983-8201
블로그 / blog.naver.com/dreambookss

등록번호 / 제9-00046호
등록일자 / 1999년 3월 11일

ⓒ 박정수, 2014

값 8,000원

ISBN 978-89-542-5309-3 (04810) / 978-89-542-5304-8 (세트)

* 지은이와 협의하에 인지는 생략합니다.
* 잘못된 책은 구입한 곳에서 바꾸어 드립니다.

이 도서의 국립중앙도서관 출판시도서목록(CIP)은 서지정보유통지원시스홈페이지(http://
seoji.nl.go.kr)와 국가자료공동목록시스템(http://www.nl.go.kr/kolisnet)에서 이용하실 수
있습니다. (CIP제어번호: 2014000835)

# 뱀파이어 무림에 가다

## 박정수 판타지 장편소설

FANTASYSTORY & ADVENTURE

5

dream
books
드림북스

Contents

뱀파이어

무림에 가다

*Vampire*

제1장

**본인은 관대합니다**

*Vampire*

우르르 콰과과과과광!

붉은 화염이 어두운 밤을 잠시지만 환하게 밝혔다가 사그라졌다. 화산 폭발 후 쏟아지는 검은 빗물처럼 잿더미가 후드득 바닥으로 떨어졌다.

자박 자박 자박.

아직도 뜨거운 열을 머금고 있어 은은하게 빛나는 붉은 길을 마치 화려하고 무게감으로 가득한 붉은 융단 위를 걷는 것처럼 야현은 천천히 걸음을 내딛고 있었다.

화염으로 만들어진 붉은 융단 길의 끝에는 한 사내가 있었다.

바로 블러드 문.

뱀파이어 왕국의 황제였다.

푸히이잉!

뜨거운 열기 때문이었을까, 아니면 묵직한 야현의 걸음 때문이었을까, 블러드 문 황제가 타고 있던 묵빛 거마(巨馬)가 거칠게 울음을 터트렸다. 그 투기가 어찌나 대단하던지 거마의 발길질에 흙이 한 움큼씩 파여 나갔다.

"하하하."

야현은 오히려 그런 모습이 귀엽다는 듯 가볍게 웃음을 터트리며 바싹 다가서서 머리를 쓰다듬어 주었다.

푸르르르.

거마는 야수의 살기 짙은 으르렁거림인지 아니면 야현의 손길에 순응하는 울음인지 구분하기 어려울 정도로 묘한 투레질을 터트렸다.

콰직.

머리를 쓰다듬던 야현이 단숨에 거마의 목뼈를 으스러트렸다. 거마는 단말마도 내지르지 못하고 그 자리에서 스르륵 사라졌다.

팬텀 홀스, 귀마였던 거마가 단숨에 소멸된 것이다.

척!

거마에 타고 있던 블러드 문이 잠시 허공에 머물렀다가

땅으로 내려섰다. 착시가 아니었다. 모든 뱀파이어의 아버지이자 시조인 블러드 문, 그 역시 권능을 가지고 있었다.

단 하나의 권능이 아닌 수많은 권능을.

염력은 그 권능 중 하나일 뿐이었다.

"오랜만입니다, 황제 폐하."

야현은 왼쪽 가슴에 주먹을 얹으며 허리를 살짝 숙였다.

"……반갑다고 해야 하나?"

블러드 문 황제의 목소리는 한없이 차갑게 가라앉아 있었다.

"본인은 반갑습니다."

야현은 히죽 웃음을 지으며 송곳니를 드러냈다.

블러드 문 황제의 눈초리가 한순간이지만 파르르 떨렸다. 목소리는 어찌 숨겼지만, 표정까지는 숨기지 못한 듯하다.

"그렇다면 짐도 반갑다고 해야겠군."

잠시 떨렸던 눈동자가 차분하게 변했다. 아니나 다를까, 그사이 수십의 기사들이 야현을 에워 감싼 것이다.

척척!

황제 옆으로 친위 기사단장인 콘돌과 근위 기사단장이자 제1 기사단을 이끄는 에스턴이 다가섰다.

척!

동시에 야현의 등 뒤로 제2 기사단장이자 근위 기사단 부단장인 도킨스가 섰다.

"이곳에서 대공, 그대를 볼 줄 몰랐군."

그제야 블러드 문의 입가에 웃음이 지어졌고, 아울러 목소리에도 한결 여유가 묻어 나왔다.

"세상사는 모르는 법, 아니겠습니까?"

야현은 어깨를 슬쩍 들어 올리며 말했다.

"그러게 말이야. 수천 년을 살아온 짐도 그대 같은 종자가 태어날 줄은 꿈에도 몰랐었지."

블러드 문은 양팔을 들어 주위를 가리키며 말을 이어갔다.

"그리고 이 자리에 그대가 나타날 줄도 몰랐고. 멧돼지 사냥을 나왔는데 뜻하지 않게 사자를 잡게 되어 버린 꼴이 아닌가? 하하하하."

자신감에 찬 웃음.

"크하하하하!"

그 웃음에 야현의 웃음 또한 터져 나왔다.

"귀찮은 늑대 떼가 있는데 제법 마릿수가 많아 어떻게 싸그리 잡아 죽이나 고민하던 사자가 있단 말이죠. 그 사자 앞에 우연히 늑대 떼가 나타난 꼴이 아닌가 생각이 드는군요."

야현의 느긋하면서도 자신에 찬 목소리에 블러드 문의 표정이 살짝 굳어졌다.

"아무리 그대라도 이 자리에서 살아남기 어려울 것이야."

확신에 찬 어조.

"과연 그럴까요?"

야현의 도발에 블러드 문의 눈두덩이 꿈틀거렸다.

"쳐라."

블러드 문은 뒤로 한 걸음 물러나며 살기가 묻어나는 목소리로 명을 내렸다.

챙!

기다렸다는 듯이 기사단장들의 검이 일제히 뽑혔다.

차자장!

이어 기사들의 검도 뽑혔다.

"크크크."

야현은 그런 블러드 문을 바라보며 조소를 머금었다.

"조금은 기대를 했었는데."

"그 입 다물라!"

친위 기사단장인 콘돌이 일갈을 터트리며 야현을 향해 검을 휘둘렀다.

"어디서 개가 짖나?"

야현은 허리를 젖혀 검을 피하며 비웃음을 날렸다.

"이, 이놈!"

콘돌은 검을 회수하며 왼손을 야현을 향해 내뻗었다.

싸아아아—

매서운 파음이 야현의 몸을 휘감았다.

서걱!

야현의 팔과 다리, 그리고 뺨에 마치 면도날로 그은 듯한 얇은 검상이 길게 만들어졌다.

"크크, 재미난 권능을 가졌군요."

야현은 맛난 먹잇감을 발견한 듯 혀로 입술을 핥으며 콘돌의 지척으로 파고들었다.

쐐애애액!

그런 야현의 위로 롱 소드가 뚝 떨어지며 목을 베어 들어왔다.

에스턴이었다.

그는 마치 무릎을 꿇고 있는 사형수의 목을 치듯 야현의 목을 노리고 벼락같이 검을 휘두른 것이었다.

팡!

야현은 땅을 박차며 하늘을 향해 몸을 틀었다. 그리고 목으로 베어 내려오는 에스턴의 롱 소드를 올려다보며 아공간에서 야월을 뽑아 들었다.

캉!

묵직한 파음이 롱 소드와 야월 사이에서 터졌다.

검과 검이 부딪치는 충격에 야현의 몸이 자연스레 바닥
으로 떨어졌다.

"하앗!"

에스턴은 그 순간을 놓치지 않고 다시 검을 내려찍었다.

훅—

주위를 환하게 밝히고 있던 횃불이 꺼졌다.

어둠이 찾아오며 야현의 신형도 그 자리에서 사라졌다.

훅— 훅— 훅—

마치 도미노 조각들이 순차적으로 쓰러지듯 전장을 밝히
고 있던 횃불들이 하나둘씩 꺼져 나갔다.

입술을 깨문 에스턴은 빠르게 주위를 살피며 소리쳤다.

"횃불을 다시 밝혀라!"

뱀파이어는 어둠의 일족이다.

한 줌의 빛이 없어도 아무런 불편이 없다. 그럼에도 에
스턴이 다시 횃불을 밝히라 명을 내린 이유는 단 한 가지.
바로 어둠을 타고 이동하는 야현의 권능 때문이었다.

후드득!

"으아악!"

횃불이 채 켜지기도 전에 사지가 찢기는 소리와 함께 몇

몇 단말마가 터져 나왔다. 뱀파이어의 찢긴 육신은 검은 불덩이가 되어 사라졌다.

"저곳이다!"

어느 기사의 외침에 기사들은 불을 거쳐 재가 되어 버린 수급을 들고 있는 야현을 다시 에워 감쌌다.

"비키세요."

야현은 손에 묻은 재를 털며 블러드 문이 서 있는 곳으로 몸을 돌렸다.

"막는 자, 자비는 없습니다."

자박.

야현이 한 걸음 내딛자 그를 둘러싼 수십 명의 뱀파이어 기사들의 장벽이 출렁거렸다.

"대공을 죽이는 자에게는 진혈의 권능을 하사겠노라!"

잠시 기사들이 주춤하는 모습에 블러드 문의 새로운 명령이 내려왔다.

진혈!

그리고 권능!

이곳의 기사들은 블러드 문의 직속 기사단 소속으로 지금도 적지 않은 풍요와 권력을 누려왔다. 하지만 욕망이라는 마물이 있다. 더욱이 기사들은 억겁의 시간을 살아가는 불사의 존재들이다. 그렇기에 인간보다도 더 욕망에 집착

할지 모른다.

"합!"

"크합!"

몇몇 기사들의 눈빛이 오가더니 소수의 기사들이 일제히 야현을 향해 몸을 날렸다.

쿵!

야현의 신형이 그 자리에서 사라지는 듯한 잔형을 남기며 앞으로 튀어 나갔다.

카장창창창!

"으아악!"

야현은 검과 함께 기사의 몸을 단칼에 양단했다.

쾅!

그리고 앞으로 달려 나가는 힘을 죽이지 않고 달려오는 한 기사의 가슴을 어깨로 박아버렸다. 썩은 핏물을 토해내며 뒤로 날아가는 기사를 향해 몸을 띄운 야현은 도끼로 장작을 패듯 기사의 몸을 반으로 갈라 버렸다.

"죽엇!"

뒤에서 베어 들어오는 세 자루의 검.

야현은 뒤돌아보지 않았다.

대신 한 마리 용이 승천을 하듯 불덩이가 야현의 몸을 휘감으며 솟아올랐다. 한 줄기의 불덩이는 마치 삼두룡(三

頭龍)처럼 세 갈래로 갈라지며 세 명의 기사의 머리를 물어 버리듯 집어삼켰다.

"크아악"

"으아악!"

"크학!"

야현은 화염에 뒤덮여 고통으로 비명을 내지르는 기사 세 명의 몸을 일검에 베어버리며 다시 블러드 문이 서 있는 곳으로 몸을 날렸다.

퍼석! 서걱!

야현은 막아서는 자의 머리를 야월의 검면으로 부숴버린 후 또 다른 기사의 목을 잘라 버렸다. 단 몇 걸음에 검은 불이 되어 사라진 뱀파이어 기사의 수만 해도 근 십여 명이 훌쩍 넘어 버렸다.

그래서일까.

섣불리 다가서는 뱀파이어 기사는 없었다.

"훗!"

야현은 옅은 웃음을 머금으며.

쿵!

다리를 들어 강하게 땅을 내려찍었다.

"헛!"

"헙!"

묵직한 울림에 뱀파이어 기사들은 저마다 헛바람을 들이마시며 뒤로 한 걸음 물러났다.

"본인은 참으로 관대합니다."

야현은 양팔을 벌리며 부드러운 미소를 지었다.

"마지막 아량을 베풀지요. 비키세요."

야현은 지금까지와는 다른 끈적끈적한 살기를 내뿜으며 한 걸음 내디뎠다. 몇몇은 그 기세에 눌려 저도 모르게 몇 걸음 물러났고, 몇몇은 마른침을 삼키며 오히려 검 자루를 더욱 강하게 움켜잡았다.

"그 입 다물어라!"

제2 기사단 부기사단장.

익숙한 얼굴의 부기사단장이 야현을 향해 달려들었다.

퍼석!

죽음의 단말마도 없이 부기사단장의 목이 터졌다. 그리고 그 앞에 야현이 서 있었다. 그는 천천히 다시 몸을 돌렸다.

"부디 후회 없는 선택이 되었기를 바랍니다."

화르르륵!

야현의 몸에서 불길이 천천히 치솟아 올랐다.

장정의 허리만큼 굵은 불덩이가 용솟음치며 야현의 몸을 휘감더니 그의 다리로 다시 내려갔다.

씨익—

야현의 입가에 잔인한 미소가 지어졌다.

"마, 막아라!"

또 다른 부기사단장의 일갈.

하지만 이미 늦어 버렸다.

쾅!

야현이 크게 발을 굴리자 그의 몸을 휘감고 있던 불덩이가 땅으로 파고들었다.

그리고 잠시의 정적.

"허, 허억!"

땅거죽이 불룩불룩 꿈틀거리며 사방으로 흩어졌다. 무언가가 땅속을 헤집고 사방으로 뻗어 가고 있다는 뜻, 그리고 그 무엇은 바로.

콰광! 콰과과과과광!

수십 개의 화염이 한순간 땅거죽을 뚫고 나와 뱀파이어 기사들의 몸을 집어삼켰다.

"으아아악!"

"크악!"

마치 화산이 폭렬하는 중심부에라도 서 있는 것처럼 군데군데서 어마어마한 폭발과 함께 순식간에 화염이 전장을 휘감았다.

그리고 야현의 신형이 사라졌다.

서걱!

서걱!

서거걱!

화마를 겨우 피한 뱀파이어 기사들의 목이 찰나의 차이를 두고 하나하나씩 잘려 나갔다. 땅으로 떨어지는 목 앞에는 야현이 잠시 모습을 드러냈다가 다시 사라지기를 반복하고 있었다.

"사, 살려줘!"

누군가의 입에서 공포와 절망에 휩싸인 비명이 터져 나왔다. 하지만 그 비명도 오래가지 않았다.

"본인은 아량을 베풀었고, 그대들은 죽음을 선택했습니다."

야현은 검마저 버리고 도망치는 이들을 하나도 놓치지 않고 베어 버렸다.

근위 기사단 제1 기사단 서른 명, 제2 기사단 서른 명, 그리고 친위 기사단 오십 명. 도합 백십 명의 목숨이 단숨에 사라졌다.

"하아—."

죽음의 불길 속에서 야현은 진한 미소를 지으며 블러드문 황제를 쳐다보았다.

"저, 저자의 목을 쳐라!"

블러드 문 황제의 명령이 다시 떨어졌다.

여전히 압도적인 수의 기사들과 일천의 뱀파이어 병사들이었건만 쉽사리 검을 드는 이는 없었다.

시간은 망각을 불러온다.

잠시 잊혔던 하나의 이름이 다시 떠오른 것이다.

피의 파괴자, 야누스.

두두두두두두두!

지축을 울리는 말발굽 소리와 함께 야현의 등 뒤로 이삼백가량의 무리들이 모습을 드러냈다. 크리먼 백작이 이끄는 화이트 기사단과 그의 병사들이었다.

사박, 사박—

야현은 화마가 휩쓸고 간, 재로 뒤덮인 땅을 밟고 블러드 문 황제 앞에 섰다.

히죽.

그리고 웃음을 지어 보였다.

\*　　　\*　　　\*

블러드 문 황제는 입술을 지그시 깨물며 야현을 쳐다보았다.

'아젤라.'

블러드 문의 첫 번째 딸이자 그의 동반자였던 뱀파이어.

'더스틴.'

그리고 두 번째 아들이자 든든한 수하였던 뱀파이어.

그런 둘에게 블러드 문은 아낌없이 피를 나눠 주었다.

그렇게 이어진 두 권능.

공간과 공간을 어둠으로 지워 버리는 아젤라의 순간이
동. 지옥의 불길을 다루는 더스틴의 화염.

야현은 그렇게 자신의 양팔을 잘랐었다.

"폐하, 잠시 잊으신 듯합니다. 본인이 누구인지."

빠드득!

블러드 문의 이가 부서질 듯 갈렸다.

"본인이 피의 굴레를 벗어난 존재임을."

"크르르르."

블러드 문의 입에서 사나운 목소리가 흘러나왔다.

저벅.

동시에 세 명의 기사단장이 야현의 좌우와 뒤를 점했다.

"좋은 생각입니다. 불쌍하고 힘없는 일족들을 희생할 필
요는 없지요."

야현은 검과 창을 든 채 떨고 있는 뱀파이어들을 쭉 훑
어본 후 다시 블러드 문을 쳐다보았다.

"주군."

막 도착한 크리먼 백작이 뛰어들었다.

야현은 손을 들어 크리먼 백작의 걸음을 세웠다.

"폐하보다는 못하지만, 본인의 사람도 제법 되지요. 어떻습니까? 이긴 자가 다 가지는 것으로."

블러드 문의 눈동자가 가늘어졌다.

"아아—."

뭔가 떠올랐다는 듯 야현은 손바닥을 짝 쳤다.

"폐하 혼자는 안 되겠군요."

블러드 문의 얼굴이 일그러졌다.

"함께 오시지요, 폐하."

야현은 세 기사단장을 보며 미소를 지었다.

"혈통도 제대로 잇지 못한 천한 것 주제에, 그 입 다물라!"

근위 기사단장인 에스턴이었다.

쐐애액!

에스턴은 단숨에 야현에게로 다가서며 검을 휘둘렀다. 하지만 벤 것은 야현의 허상일 뿐이었다.

"그럼 받아들인 것으로 알겠습니다."

"……!"

에스턴의 눈이 부릅떠졌다.

야현의 목소리가 바로 등 뒤에서 들렸기 때문이었다.

등골이 서늘해지는 감각에 에스턴이 빠르게 몸을 틀며 검을 휘둘렀다.

캉!

묵직한 충격에 에스턴은 재빨리 뒤로 물러나며 거리를 벌렸다.

"……!"

없었다.

보이지 않았다.

"뒤다!"

동시에 터져 나온 콘돌의 외침.

에스턴은 이를 악물고 몸을 회전하며 다시 검을 뿌렸다.

캉!

다시금 느껴진 충격.

쑤아아악!

제2 기사단장 도킨스가 야현을 향해 달려들었다.

그가 노린 것은 야현의 다리.

야현은 야월을 내려 도킨스의 검을 막는 동시에 에스턴을 향해 손바닥을 펼쳤다.

쿠웅!

야현의 어깨에서 만들어진 화염이 마치 파이어 볼처럼

만들어져 에스턴을 향해 쏘아졌다.

"핫!"

에스턴의 일갈.

휘이이잉— 사사삭!

날카로운 한 줄기 바람이 칼날이 되어 화염구를 갈가리 찢어버렸다.

에스턴의 권능, 바람이었다.

"호오."

야현은 나직이 감탄을 터트렸다. 그리고 도킨스의 가슴을 발로 밀듯 쳐내며 야월을 빠르게 휘둘렀다.

펑펑펑!

마치 폭약이라도 터지는 것처럼 바람을 가르는 야월의 궤적 속에서 연이은 폭발이 일어났다.

그러는 사이 에스턴이 어느새 거리를 좁히며 검으로 베어오고 있었다.

"……!"

순간 야현의 눈매가 딱딱해졌다.

마치 온몸이 쇠사슬에 묶인 것처럼 강한 저항이 느껴진 것이다.

"크핫!"

야현이 난폭한 흉성을 터트리며 몸을 틀었다.

콰직!

몸에서 무언가가 부서지는 느낌이 들었다. 속박이 풀린 것이다. 하지만 에스턴의 검을 완전히 피할 수는 없었다.

서걱!

가슴에 긴 검상이 만들어지며 검은 피가 튀었다.

기회를 잡았다고 느낀 탓인지 에스턴의 공격은 더욱 거세졌다.

"크핫!"

야현은 기합으로 몸을 죄는 속박을 깨트리며 그 자리에서 벗어났지만 그의 몸은 제법 중한 상처들로 가득했다.

"크크크크."

그 상처들에도 야현은 웃음을 터트렸다.

"재미있군, 재미있어. 어둠으로 잇는 속박이라."

야현은 고개를 돌려 도킨스와 콘돌을 쳐다보았다. 그리고 그의 시선이 콘돌에게서 멈췄다.

"쳐랏!"

콘돌의 외침에 에스턴과 도킨스가 동시에 야현을 향해 검을 휘둘렀다.

"후후."

야현의 웃음.

그리고.

펑!

콘돌의 눈앞에서 불덩이가 만들어지더니 터졌다. 동시에 속박이 사라졌다.

캉캉!

야현은 야월을 휘둘러 에스턴과 도킨스의 검을 막으며 어둠 속으로 모습을 감췄다.

"……!"

에스턴과 도킨스는 재빨리 고개를 틀어 주위를 살폈다.

"콘돌!"

도킨스의 외침.

"크하악!"

이미 알고 있었다는 듯 콘돌은 자리에서 일어나며 일갈을 터트렸다. 동시에 어둠보다 더 어두운 그림자가 그를 중심으로 마치 거미줄처럼 퍼져 나갔다.

"크크크."

콘돌은 새하얗게 희번덕거리는 눈으로 느릿하게 몸을 돌렸다. 뒤에는 야현이 서 있었다. 반경 1미터가량 퍼져 있던 검은 그림자가 야현에게로 집중되었다.

"크하하하!"

콘돌은 꼼짝달싹하지 못하는 야현을 보며 대소를 터트렸다. 그러고는 검을 들어 야현의 왼쪽 가슴에 올려놓았다.

"네놈의 오만방자함도 이걸로 끝이다."

콘돌이 지그시 검을 찔러 들어갔다.

그러나 그의 공격은 무위로 돌아갔다.

"······! 어, 어떻게!"

야현이 히죽 웃음을 지으며 손가락으로 검을 옆으로 밀어낸 것이었다.

야현이 왼손을 들어 올렸다.

함께 들려진 야월.

야월의 검신은 화염에 둘러싸여 있었다.

그 화염은 희미하지만 분명 빛을 발하고 있었다. 화염이 뿜어내는 그 빛이 콘돌이 만들어 낸 검은 그림자를 지우고 있었던 것이다.

"어둠이 제아무리 짙어도 빛을 이길 수는 없는 법. 뭐, 어둠의 일족이 되어 버린 본인이 할 말은 아니지만."

서걱!

콘돌이 그 어떤 반응을 미처 보이기도 전에 야현의 검이 그의 목을 잘라 버렸다.

턱!

허공으로 솟아오른 콘돌의 수급을 움켜잡은 야현은 툭툭 떨어지는 피를 마셨다. 그리고 콘돌의 수급은 불과 함께 재가 되어 사라졌다.

"흠."

야현은 미간을 찌푸리며 언짢은 침음을 내뱉었다.

"역시 이 정도의 피로는 어림없군."

제법 좋은 권능이었지만 그렇다고 아쉽지는 않았다.

"모든 권능이 폐하에게서 나왔다지요?"

야현은 야월의 검면을 혀로 핥으며 말을 이어갔다.

"폐하의 피로 어떤 권능을 가지게 될지 기대가 됩니다, 크크크!"

야현의 신형이 그 자리에서 사라졌다.

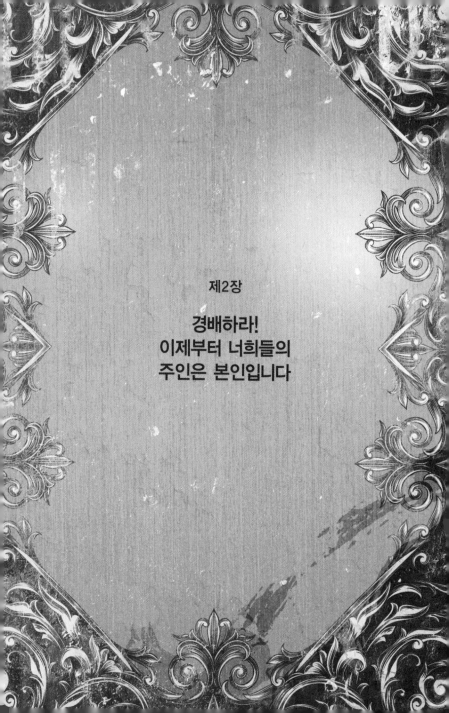

제2장

**경배하라!
이제부터 너희들의
주인은 본인입니다**

콰앙!

순간 땅이 울릴 정도로 강력한 폭음이 터졌다.

그 자리에 야현이 서 있었고,

"크학!"

땅에 길게 파인 두 줄기의 자국 끝에 선 블러드 문이 노기 가득한 흉성을 터트렸다.

"크하아!"

"크르르!"

에스턴과 도킨스가 야현의 뒤를 점하며 짐승의 울음을 터트렸다.

"크크크크."

야현은 야월을 크게 휘두른 후 곧추세우며 보폭을 넓혔다.

사박— 사박!

누가 먼저라고 할 것도 없이 블러드 문과 에스턴, 도킨스는 크게 원을 그리고 천천히 돌며 거리를 좁혀 들어왔다. 거기에 맞춰 야월도 서서히 기울어져 갔다.

"하앗!"

시작은 도킨스였다.

강렬한 일갈과 함께 야현의 등을 노렸다.

캉!

야현은 몸을 틀어 도킨스의 검을 막았다.

쐐애애액!

그 순간 에스턴의 검이 야현의 다리를 베어 왔다.

야현은 도킨스의 검을 밀어내며 야월을 틀어 에스턴의 검을 막았다.

야현의 미간이 좁아졌다. 블러드 문의 기운이 기감에서 사라졌기 때문이었다.

"……!"

블러드 문의 살기가 야현의 바로 등 뒤에서 느껴졌다.

쑤아아악!

매서운 파공성이 야현의 머리로 뚝 떨어졌다.

블러드 문의 검이었다.

펑, 펑!

야현은 도킨스와 에스틴의 얼굴에 화염을 터트리며 야월을 들어 올려 블러드 문의 검을 막았다.

쾅!

생각 이상으로 무거운 힘에 야현의 무릎이 살짝 꺾였다. 그 순간 블러드 문의 주먹이 야현의 복부에 틀어박혔다.

"큭!"

그 충격에 야현의 몸이 뒤로 주르르 밀려났다.

다시 블러드 문의 신형이 그 자리에서 사라졌다.

쑤아아악!

그리고 다시 등 뒤에서 엄습해 오는 파공성.

야현은 그 자리에서 빠르게 돌며 야월을 휘둘렀다.

서걱!

베었다.

서걱!

하지만 베이기도 했다.

"컥!"

"큭!"

누가 먼저라고 할 것도 없이 야현과 블러드 문은 뒤로 한 걸음 밀려나며 미약한 신음을 터트렸다.

"짐은 결코 그대의 아래가 아니다."

"그렇지만 위도 아니지."

야현은 가슴 깊게 베인 상처를 불로 지지며 몸을 세웠다.

고통 따위는 없다.

파박!

이번에는 야현이 먼저였다.

신형을 날린 야현은 마치 단창을 던지듯 블러드 문의 목을 향해 야월을 던졌다.

블러드 문은 옆으로 몸을 비틀어 야월을 피하며 야현의 가슴을 향해 검을 찔렀다.

팟!

검이 야현의 몸을 찌르는 순간 그의 신형이 사라졌다.

공간을 격한 야현은 블러드 문을 스치고 날아가는 야월을 움켜잡으며 그의 등을 베어 들어갔다.

후우웅!

'베었……!'

야현의 야월이 명확히 블러드 문의 신형을 갈랐다. 하지만 마치 허공을 가른 것처럼 그 어떤 느낌도 없었다.

그리고 야현은 보았다.

신기루처럼 흔들리는 블러드 문이 웃고 있음을.

쐐애애액!

그 순간 야현의 허리를 노리고 한 자루의 검이 파고들었다. 동시에 야현의 눈에 들어온 또 다른 블러드 문, 그리고 그의 검.

허상 분신.

미러 이미지(Mirror image) 마법보다 더욱 직접적인 권능이었다.

야현은 빠르게 뒤로 물러났지만 다시 배에 검상을 입고 말았다.

서걱!

동시에 덮친 에스턴과 도킨스의 검도 야현의 허벅지와 팔을 베고 지나갔다.

"크크크크크!"

휘청이는 몸을 다시 세운 야현은 블러드 문을 바라보며 흉소를 터트렸다.

"재미있군요. 아주 재미있습니다."

야현은 다시 몸에 난 검상에도 아랑곳하지 않고 블러드 문을 향해 히죽 웃음을 드러냈다. 하지만 야현의 눈은 웃고 있지 않았다.

"크핫!"

생각 이상의 중상을 입었다 판단한 도킨스는 다시금 야현을 향해 검을 뿌렸다.

쐐애애액!

"……!"

야현은 고개를 돌려 도킨스를 쳐다보았다. 그리고 그의 검을 피하지 않았다.

서걱!

야현은 옆구리를 베고 지나가는 도킨스의 머리카락 뒤쪽을 움켜잡았다. 그리고 잡아당기는 동시에 야월의 검병으로 도킨스의 머리를 찍어 버렸다.

콰직.

"커헉!"

야현은 바닥으로 쓰러진 도킨스의 목에 발을 올렸다.

"미안하지만 놀아줄 시간이 없군요."

"크크크크!"

피범벅이 된 도킨스는 오히려 웃음을 터트렸다.

그런 그의 붉은 동공이 확장되었다.

권능!

휘이이— 사사사삭!

매서운 바람이 도킨스의 앞에서 일어나더니 그 바람은 무형의 칼날이 되어 야현의 몸을 난도질하기 시작했다.

하지만 이미 야현은 그곳에 없었다.

콰직!

어느 곳에서 날아온 야월이 오히려 도킨스의 가슴에 박혔
다.

"쿨럭!"

피를 토하는 도킨스 위로 다시 야현이 모습을 드러냈다.

"그대의 권능은 이미 예전에 알아 두었답니다."

"……!"

"그럼, 아듀."

콰직!

야현은 그의 목을 으스러트렸다.

"끄……."

그러나 도킨스는 목이 부러진 상태에서 달려들어 야현의
두 다리를 움켜잡았다.

"죽엇!"

그 상황을 놓치지 않고 에스턴이 달려들었다.

야현은 허리를 젖혀 에스턴의 검을 피하며 야월을 들어
그의 가슴에 찔렀다.

푹!

"……?"

균형이 무너진 상태에서 찌른 검이다. 충분히 피하려면 피
할 수 있었음에도 불구하고 에스턴은 야월을 피하지 않았

다.

"크크크크."

에스턴은 야현을 부둥켜안았다. 그의 날카로워진 손톱이 야현의 등을 깊게 파고들어가며 단단히 구속했다.

"……!"

야현은 도킨스와 에스턴의 목숨을 버린 행동에 몸이 포박되어 한순간이지만 옴짝달싹하지 못했다.

"크하앗!"

그 순간 블러드 문이 야현 앞에 모습을 드러냈다. 그러고는 단숨에 야현의 목으로 검을 베었다.

서걱!

야현은 그 순간 몸을 틀어 에스턴의 몸으로 블러드 문의 검을 막으며 유일하게 자유로운 왼손을 허공으로 들어 올렸다.

"폐하!"

야현은 오히려 기다렸다는 듯이 소리치며 아공간을 열었다.

촤라라라라라!

그리고 아공간에서 튀어나온 것은 은으로 만들어진 그물이었다.

촘촘하게 만들어진 은그물은 단숨에 야현을 비롯해 블러

드 문, 그리고 에스턴과 도킨스를 뒤덮었다.

"크악!"

이미 생을 다해가던 도킨스가 은을 이기지 못하고 불로
화했다.

쿵! 쿵쿵!

"크헉!"

"크아악!"

마치 수십, 아니 수백 톤의 무게에 깔린 듯 블러드 문과
야현, 그리고 에스턴은 괴로운 비명을 내질렀다. 은그물이
닿은 곳은 어느 한 곳 빠지지 않고 살을 녹이며 피부로 파고
들었다.

"크크크크크!"

야현은 은그물이 살 속으로 파고드는 와중에도 웃음을
터트렸다.

"네, 네 이놈!"

블러드 문은 몸을 바르르 떨며 소리쳤다.

야현은 몸을 덮고 있는 에스턴을 옆으로 밀쳤다.

치이익!

몸을 훤히 드러내자 은그물은 야현의 몸을 더욱 깊게 파
고들었다.

"끄으으으!"

야현은 고통에 찬 신음을 토하며 부들부들 떨리는 손으로 은그물을 움켜잡았다.

치이익!

은그물은 야현의 손을 태우며 파고들었고, 이내 진물이 뚝뚝 떨어지며 새하얀 뼈가 드러났다.

"크크크크!"

야현은 고통이 즐거운 듯 웃음을 토하며 더욱 세게 움켜잡았다.

"크핫!"

후드드득!

야현은 단전에서 내력을 일순간 폭발시켜 은그물을 찢어버렸다.

"쿨럭!"

찢어진 그물 사이로 야현은 검은 피를 토하며 힘겹게 자리에서 일어났다.

"하아―, 하아―."

힘겨운 듯 야현은 거친 숨을 토하며 은그물 속에서 녹아가는 에스턴과 블러드 문을 내려다보았다.

"알고 있었습니다. 폐하께서 가장 즐겨 쓰는 권능이 무엇인지."

"이, 이놈! 야누……스!"

야현이 있는 곳으로 블러드 문은 손을 뻗으며 소리를 질렀지만 마치 거대한 바위에 짓눌려 옴짝달싹하지 못하는 것처럼 몸을 움직이지는 못했다.

"어, 어떻게?"

에스턴이 몸을 바르르 떨며 힘겹게 입을 열었다.

"그대가 알 필요가 있나요?"

야현은 에스턴의 몸에 박혀 있는 야월을 뽑아 그의 목에 쑤셔 넣었다.

화르륵!

야현은 불에 휩싸여 죽어가는 에스턴을 뒤로하고 블러드 문 황제 앞으로 걸어갔다.

"좀 싱거운 싸움이었지요?"

야현은 히죽 웃음을 지었다.

과정이야 어떻든 지금 야현의 몸은 좀비나 구울이라고 해도 믿을 정도로 엉망이었다.

"끄으!"

블러드 문에게서 고통에 의한 신음인지 아니면 분노에 찬 침음인지 모를 앓는 소리가 흘러나왔다.

"반쪽짜리 불사의 존재."

야현은 야월을 들어 블러드 문의 목에 댔다.

"폐하는 유독 죽음을 두려워하시더군요."

블러드 문의 동공은 공포로 가득 차 있었다.

"그래서 뱀파이어 일족의 역사를 살펴보았습니다. 거기서 재미난 사실을 봤습니다. 폐하만이 가진 절대적 권능, 그 누구도, 아─! 본인은 제외하고. 그 누구도 거스를 수 없는 절대적 명령."

챙!

야현은 야월로 은그물 한 가닥을 자르며 말을 이어갔다.

"그 권능으로 자식이라 칭하는 수하들을 죽음으로 내몰아 승리의 발판을 만들었더군요. 그리고 쟁취."

챙!

야현은 블러드 문의 목을 짓누르는 은그물 한 가닥을 찢었다.

"한 번도 선봉에 서신 적이 없더군요. 하지만 그 누구도 폐하를 칭송하지 않는 사람이 없습니다. 왜? 거스를 수 없으니까. 다른 모든 일족보다 힘이 강하니까. 그런데 말입니다. 본인은 보고 말았습니다."

챙!

야현은 블러드 문의 목을 뒤덮고 있는 그물을 잘라낸 후 그 옆에 앉았다.

"폐하께서는 겁쟁이라는 것을."

"아니다! 아니다! 짐은…… 크하악!"

야현은 블러드 문의 목을 물어 버렸다.

"크크크크, 크하하하하!"

야현의 웃음소리가 사방으로 퍼져 나갔다.


＊　　　＊　　　＊


우드득— 우드득!

야현의 몸이 비틀어졌다가 다시 제자리를 찾기를 몇 번.

"하아—."

야현은 깊은숨을 내쉬며 눈을 떴다.

그런 그의 눈에 가장 먼저 들어온 것은 미라처럼 말라붙어 있는 블러드 문의 시신이었다.

사르륵—.

시신은 야현이 발로 툭 치자 금세 가루가 되어 사라졌다.

야현은 고개를 돌려 어찌할 바 몰라 허둥대는 블러드 문황제의 기사와 병사들을 쳐다보았다.

히죽.

야현은 웃음을 지으며 그들을 향해 걸음을 내디뎠다.

"머, 멈춰!"

누군가의 외침.

"꿇어라."

야현이 말했다.

그 목소리는 울림이었다.

공기를 매개로 한 파장이 아닌 말 그대로의 울림.

머릿속에서 울리는 목소리.

"폐, 폐하?"

또 다른 누군가의 외침.

"꿇어라."

다시금 머리를 흔드는 울림에 병사들과 기사들이 차례로 무릎을 꿇었다.

"경배하라! 이제부터 너희들의 주인은 본인이다."

"충!"

"충!"

거부할 수 없는 울림에 병사들과 기사들은 머리를 땅에 찧으며 소리쳤다.

\* \* \*

화려한 대전.

그 중앙에 위치한 석단, 그리고 왕좌.

그리고 야현.

왕좌 아래로 수십 명의 뱀파이어들이 사열로 길게 늘어서서 있었다.

"흠."

야현은 그들의 얼굴을 하나하나 살폈다.

몇몇은 당당하게 자신과 눈을 마주했다. 화이트 기사단장인 크리먼 백작을 비롯한 자신의 수하들이었다.

또 몇몇은 흥분된 눈으로 우러러보고 있었다. 비교적 젊은 층의 자신을 추종하는 이들이었다.

"훗!"

야현은 그 외 절반이 넘는, 두려움에 한껏 움츠려 있는 뱀파이어들을 쳐다보았다. 뱀파이어 왕국의 핵심 인물들이자 죽은 블러드 문의 직계로 이어지는 진혈족이었다.

"페터."

"예, 페, 폐하."

재상부 재상 장관인 페터 공작이 두려움을 이기지 못하고 앞으로 나섰다.

"빅토르."

"소, 소신 여, 여기 있나이다."

재무부 재무장관 빅토르 공작 역시 말을 심하게 더듬으며 앞으로 한 걸음 나와 허리를 숙였다.

"테오도어."

"하, 하명하시, 오, 옵소서."

마지막으로 왕실부 집사 장관 테오도어 백작.

야현은 뱀파이어 왕국의 실질적 실세 셋을 차례차례 불렀다.

"죽일까?"

"히익!"

"허억! 사, 살려만……."

"목숨만……."

세 장관은 무릎이 부서져라 바닥에 엎드려 구명을 청했다.

"아니면 살릴까?"

야현은 다리를 꼬며 다시 말했다.

"그대들 나이가 삼천 년은 되었지?"

"그, 그러하옵니다."

"오래도 살았군."

야현의 이죽거림.

"사, 살려 주시옵소서."

"폐하께 충성을."

"훗!"

야현은 바닥에 바싹 엎드려 와들와들 떠는 셋의 모습을 감상이라도 하려는 것처럼 턱을 괴며 입꼬리를 말아 올렸다.

"크리먼."

"예, 폐하."

그들과 달리 야현의 직속 수하였던 화이트 기사단장 크리
먼 백작은 씩씩한 목소리로 한 걸음 내디디며 군례를 취했
다.

"오늘부터 그대가 군사부 군장관이다. 그리고 작위를 후
작으로 승작한다."

"충!"

우렁찬 복명.

"이 자리에는 없지만 마법부를 신설하여 마법 장관에 카
이먼을 앉히고, 역시 후작으로 명한다."

숨죽인 술렁거림.

"친위 기사단장에는 베라칸을 앉히고 백작의 작위를 내린
다."

술렁거림이 더욱 커졌다.

그도 그럴 것이 이곳은 뱀파이어 왕국이다.

그 말인즉슨 뱀파이어 일족만의 왕국이다.

야현이 배척된 이유는 여러 가지가 있었다.

미천한 신분, 일족을 향한 잔인한 면.

거기에 자랑스러운 일족이 아닌 타종족을 수하로 거느리
고 있었던 것도 그 이유에 포함되어 있었다.

"폐하. 일족의 왕국에 타종족의 장관이라니요. 천부당만부당한 일이옵니다."

집사 장관 테오도어 백작이었다.

퍽!

그 순간 테오도어 백작의 머리가 부서졌다.

"페터. 그대의 생각은 어떤가?"

"폐, 폐하 뜻, 뜻대로 하시옵소서."

뱀파이어 일족의 수는 다른 종족들보다 그 수가 확연히 적다. 그렇기에 블러드 문은 어지간한 일이 아니면 그들을 죽이지 않았다. 그런데 야현은 다르다.

가차 없다.

그 말은 자신의 목숨도 바람 앞의 촛불이나 마찬가지라는 뜻이다. 훅하고 불면 바로 꺼지는 그런 촛불.

"그대는?"

야현이 빅토르 장관을 향해 물었다.

"그저 성심을 다해 폐하의 뜻에 따르겠나이다."

"크리먼."

"예, 폐하."

"군사부를 다시 개편하도록."

"그리하겠습니다."

"동방으로 파견할 기사단도 꾸려라."

"명!"

야현은 고개를 들어 구석에 서 있는 검은 로브를 입은 마법사를 쳐다보았다.

"그대가 현재 월의 마탑을 맡고 있는가?"

"수석 흑마도사 다이슨이라고 합니다."

사십 대로 보이는 인간이었다.

"동방과 잇는 워프 게이트 진의 규모를 좀 더 확장하고, 개진과 개진 사이에 만들어지는 딜레이 시간을 줄여라. 아울러 월의 마탑 내 병단 소속 전투 흑마법사 중 동방으로 파견할 일개 대를 선발해 놓도록."

"카이만 탑주님과 상의 후 최대한 빨리 명을 수행하도록 하겠나이다."

"폐, 폐하."

재상 장관 페터였다.

"말하라."

"재, 재상의 임무를 맡고 있는 소, 소신이 파, 파악할 수 없기에 감히 어떤 상황인지 물어봐도 되겠나, 나이까?"

조심스럽다기보다 힘겹게 물어보는 페터였다.

비단 그가 질문을 했으나 여기에 모인 대부분의 뱀파이어, 블러드 문을 따르던 귀족들의 얼굴에도 궁금함이 한껏 담겨 있었다.

"본인이 고향인 동방으로 간 것은 알고 있을 터?"

"그, 그러하옵니다."

페터 재상 장관은 눈치를 살피며 대답했다.

당연히 알고 있었다.

그 틈을 타 블러드 문이 검을 뽑았고, 자의 반 타의 반이라고 해도 자신들이 그에 동참을 했으니.

"그곳에 본인의 제국을 건설하려 한다."

엎드린 채 눈도 잘 마주치지 못하고 있던 페터 재상장관이 고개를 번쩍 들어 야현을 올려다보았다.

"그리고."

모두의 시선이 야현에게로 모아졌다.

"뱀파이어 왕국의 황제. 생각해 보면 우습지 않은가? 일개 왕국의 왕이 황제로 불린다니. 안 그런가?"

"그, 그러하옵니다."

"본인은 허울뿐인 황제가 아닌 진정한 황제가 되려 한다."

"그, 그 말씀은……?"

"본인은 왕국이 아닌 제국을 원한다."

야현은 왕좌에서 일어났다.

"어둠의 왕국들을 내 발아래 둘 것이다."

야현은 계단을 뚜벅뚜벅 내려와 그들 앞에 섰다.

"비단 이곳 서방의 땅만이 아닌 동방과 서방을 아우르는 제국을."

대전에 묘한 정적이 흘렀다.

피비린내 나는 전장에 대한 걱정 반, 혈기를 이기지 못하는 흥분 반.

"본인의 뜻이다! 환호하라!"

절대적 명령.

"와아아아아!"

"우화아아아아!"

대전을 흔드는 환호가 터져 나왔다.

"그대들은 본인의 검과 방패가 되어 제국을 건설하라."

"충!"

"충!"

뱀파이어들은 일제히 바닥을 엎드리며 복명했다.

"황제 폐하, 만세!"

"황제 폐하, 만세!"

그리고 이어진 만세.

"크하하하하하!"

야현은 환호 속에서 대소를 터트렸다.

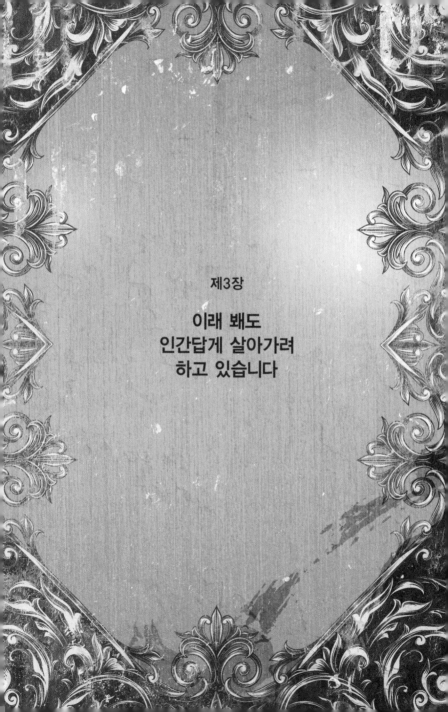

제3장

이래 봐도
인간답게 살아가려
하고 있습니다

새롭게 꾸며진 뱀파이어 왕국의 황제 집무실.

블러드 문이 사용하던 집기들을 치우고 야현이 사용하던 집기를 옮겨 낯설지만 낯설지 않은 방이 되었다.

집무실 중앙.

긴 탁자.

야현은 의외의 인물들과 자리하고 있었다. 그들은 바로 카이먼과 베라칸을 비롯해 총사 흑오, 독고결, 월영, 제갈지소, 구염부, 갈위였다.

중원, 동방의 수하들이 이 자리에 함께한 이유는 카이먼과 흑오의 주도로 적랑 기사단을 비롯해 살문의 살수, 혈랑문 제일 무력 단체인 폭랑단이 지원을 왔기 때문이었다.

야현을 믿지 못해서가 아니었다.

다만 만일의 경우 황제를 암습하는 한편 최대한 빨리 일을 마무리 짓기 위해서였다.

"본인이 그대들의 충성심을 기뻐해야 하나, 아니면 슬퍼해야 하나?"

"기뻐해 주십시오, 우히히히히!"

무안한 듯 카이먼이 뒷머리를 긁적이며 괴소를 흘렸다.

"중원은?"

"특별한 일이 발생하지 않도록 잠정적으로 활동을 금해 놓았습니다."

월영의 말에 야현은 고개를 끄덕였다.

똑똑.

문기척 소리와 함께 군 장관 크리먼 후작과 수석 흑마도사 다이슨이 안으로 들어왔다.

"앉아."

야현의 명에 둘은 비어 있는 의자에 앉았다.

"다들 인사는 나눴지?"

"그러하옵니다, 폐하."

"속하들도 폐하라 불러야 합니까?"

흑오였다.

"동방의 수하들은 주군이라 불러. 내 사람이라도 소속이 다르니."

"그리하겠습니다."

"제법 볼만한 세상이지?"

야현의 물음에,

"누구의 말처럼 책으로는 알 수 없는 새로운 세상입니다."

제갈지소가 대답했다.

어두운 밤, 그리고 혈환.

제갈지소는 여전히 창백하지만 그러나 생기가 도는 눈동자로 야현을 쳐다보고 있었다.

"솔직히 본인은 그대가 올 줄은 몰랐어."

"보고 싶었습니다."

"무엇을?"

"주군과 곽 대인이 말한, 책으로는 알 수 없는 세상을."

"훗."

야현은 가벼운 웃음을 삼켰다.

"여전히 혈환으로 버티고 있지?"

당연한 것을 질문한 야현이 말을 이었다.

"중원으로 가기 전 그대의 병을 치료해 주지."

순간 제갈지소의 눈동자가 파르르 떨렸다.

"……정말인가요?"

"그건 알아 둬. 치료에 쓰이는 약은 독이야."

진정되었던 제갈지소의 눈동자가 다시금 흔들렸다.

조금 전과는 다른 의미로.

"그것도 지독한 독."

그러나 그녀는 곧 흔들림 없는 눈동자로 야현을 쳐다보았다.

"지금보다야 낫겠죠."

"그렇지. 지금보다야 낫지."

야현의 의미심장한 미소에 제갈지소는 지그시 입술을 깨물었다.

"나머지 이야기는 회의 끝나고 하지. 조직은 정비되었나?"

야현은 고개를 돌려 흑오를 쳐다보며 물었다.

"일단 회의 이름은 야(夜). 살문들은 통일해 일살문으로 하며, 그 밖에 하오문과 혈랑문은 이름을 유지하도록 결정했습니다. 적랑 기사단은 주군의 친위 무력 단체로, 기사단이라는 이름이 낯설어 적랑단으로 명명하기로 했습니다. 그리고 몽마 아리가 이끄는 여인들의 단체는 그녀가 직접 야화라 불러 달라고 했습니다."

"그러고 보니 이 자리에 엘리가 보이지 않는군."

서큐버스 엘리.

그녀의 중원식 이름은 아리였다.

"오파일방에 대한 작업이 바빠 오지 못했습니다. 다만⋯⋯."

흑오의 얼굴이 붉어졌다.

"시답잖은 말을 전해 달라고 했겠군."

"큼. 어찌 되었든 오파일방에 대한 회유를 그녀가 맡기로 했습니다."

야현의 시선이 제갈지소에게로 향했다.

"오대세가는 지소, 그대겠고."

"그렇습니다."

"그리고 하오문 본단에서 내·외단(內·外團) 중 내단을 하오문에서 분리, 독립하여 총사각을 만들기로 했습니다."

말을 빠르게 쏟아내 입이 말랐던지 흑오는 잠시 차로 입 안을 적신 후 말을 이어갔다.

"회주 아래 각 문주와 단체의 장들은 모두 평등한 관계를 정립하기로 이야기를 마쳤습니다. 다만 구 문주나 월영 문주처럼 그 이름이 직접적으로 거론이 되어서는 안 될 이들이 있고, 앞으로 그럴 인물들이 늘어날 것이 자명한바. 본신의 신분 노출을 막기 위해 회 안에서 불릴 가명을 가지기로 했습니다."

"소속감은 느끼되 가릴 것은 가린다. 나쁘지 않군."

"그래, 들어볼까? 그대들의 새로운 이름을."

야현의 물음.

"흑오입니다."

"흑오?"

"어차피 이름은 버렸습니다. 그리고 속하는 군이 다른 이름을 가질 이유가 없습니다."

"하하하. 그렇군."

야현은 고개를 끄덕이며 독고결을 쳐다보았다.

"흑편(黑蝙)입니다."

"검은 박쥐? 크하하하하하!"

야현은 오랜만에 유쾌한 웃음을 터트렸다.

"흑 자 돌림인가?"

"밤과 가장 어울리는 한자라 그리 결정했습니다."

흑오의 대답.

"그대의 이름을 그대로 가져가기 위함이 아니고?"

"일거양득이라 생각합니다."

"그대의 넉살이 많이 늘었군. 그리고."

"이 자리에 없는 아리는 흑화입니다."

흑오의 대답 이후 월영이 입을 열었다.

"소녀는 흑월(黑月)입니다."

"흑마(黑魔)입니다, 우히히히히! 그리고 마탑은 그대로 마탑이라 부르기로 했습니다."

카이만의 말에 이어,

"속하는 흑혈이라 했습니다."

구염부가 대답했다.

"흑랑(黑狼)이 아니고?"

"그건 너무 뻔하지 않습니까? 하하하하!"

"속하가 흑랑입니다."

베라칸의 목소리가 뒤에서 들려왔다.

"빼앗긴 거로군."

"끄응."

야현의 말에 구염부가 앓는 소리를 내뱉었다.

"하하하하!"

"호호호!"

덕분에 유쾌한 웃음이 잠시 흘렀다.

"흑사(黑蛇)입니다."

마지막으로 제갈지소가 대답했다.

"흑사?"

"살모사에서 가져왔어요."

살모사, 이름 그대로 어미를 죽이고 태어난다는 뱀. 그녀를 잠시 쳐다보던 야현의 입가에 미소가 지어졌다. 핏줄을 잘라 버리겠다는 의지가 담긴 호칭이리라.

"좋군."

특별히 달라지는 건 없다.

하지만 하나의 이름으로 소속감을 확실히 가져왔다.

"오래 기다렸군."

"아닙니다, 폐하."

크리먼 후작이 야현에게 고개를 숙였다.

"중원으로 파병할 병력은 차출했나?"

"일단 화이트 기사단 중 삼(三) 대를 비롯해, 두 공작에게서 각 기사단 일(一) 대를 지원받기로 하였습니다."

"본인의 기억이 맞다면 화이트 기사단은 삼 대로 구성되어 있지 않은가?"

"그렇습니다."

"화이트 기사단을 모두 보낼 참인가?"

"블러드 문 황제가 이끌던 친위 기사단과 근위 기사단의 기사들 중 상당수가 살아남았습니다. 그들을 모아 근위 기사단 제 사(四)대와 오(五)대를 만들었습니다."

"흠."

"그 병력이라면 왕실을 경호하는 데 부족함이 없을 것입니다."

"그럼 화이트 기사단은 코스카가 이끌겠군."

코스카는 화이트 기사단 제 이대, 이대장이자 부단장이었다.

"그리하라 명을 내려놓았습니다."

"그대가 남아서 고생이겠군."

야현이 고개를 끄덕이고 시선을 돌려 다이슨을 쳐다보았다. 그는 약간 긴장한 얼굴을 하고 있었다. 야현은 다시 고개를 돌려 카이만을 쳐다보았다.

"우히히히."

시선이 마주치자 카이만이 특유의 웃음을 조용히 흘렸다.

"마탑은 어찌 준비하고 있나?"

"속하가 당분간 마탑에 신경을 쓸 수 없어 다이슨을 부탑주에 앉혔습니다, 우히히히."

카이만의 말에 야현의 시선이 다이슨에게로 옮겨갔다.

"마탑은 기존 황실 소속 마법 병단을 흡수해 몸집을 키웠습니다. 그리고 병단 두 부대를 파견할 예정입니다."

보편적으로 마법 병단 일개 부대는 열 명으로 구성되어진다.

"그럼 중원에 남아 있는 이들까지 해서 세 부대가 되겠군."

"그렇습니다, 폐하."

"중원과 잇는 워프 게이트 진 확장은 어찌 되어가나?"

"내일부터 착공에 들어갈 예정입니다."

"생각보다 늦군."

"그것이 대규모의 단일 진으로 구성할지 아니면 중규모로 다수의 진을 구성할지 의견이 분분해 결정이 늦어졌습니다. 송구하옵니다, 폐하."

"그래서 결론은?"

"중규모의 워프 게이트 진 다섯을 구성하기로 하였습니다."

"가용 인원과 일일 개진 횟수는 어찌 되나?"

"열다섯, 그리고 일일 이(二) 회이옵니다."

"생각보다 작은 규모이지만 그렇게 나쁘지는 않군."

야현은 고개를 끄덕이며 짧게 생각을 한 후 다시 입을 열었다.

"개진하는 데 걸리는 시간은?"

"이곳에서는 이틀이면 충분하옵니다."

"문제는 중원이겠군."

"그 후 마법 병단 소속 마법사들을 동방으로 보낸 후 마무리 지을 생각이옵니다. 동방에서 오 일, 도합 칠 일이 걸릴 것입니다."

"급한 이들은 이틀 후 마법 병단 소속 마법사들과 중원으로 돌아가고, 나머지는 본인과 함께 칠 일 후에 가도록 하지."

그 후 몇 마디를 주고받은 후 회의가 끝났다.

"지소."

모두가 자리에서 일어날 때 야현은 제갈지소를 불렀다.

"남아."

"……?"

모두가 나가고.

"따라와."

야현은 제갈지소를 데리고 집무실 한쪽에 난 문을 통해 침실로 향했다.

"……무슨 의도이신가요?"

침대를 본 제갈지소는 슬그머니 앞섶을 움켜잡으며 말했다.

"망상이 심하군."

야현은 가벼운 조소를 머금으며 침대 옆에 놓인 다탁과 의자를 가리켰다.

"앉지."

제갈지소는 발갛게 달아오른 얼굴로 의자에 앉았다. 그리고 야현은 와인 잔 두 개와 와인 한 병을 가져왔다.

쪼르르르.

야현은 잔에 와인을 채운 후 그녀에게 내밀었다.

"좋군."

야현은 와인을 한 모금 마신 후 잔을 내려놓으며 제갈지소를 쳐다보았다.

"독은 아니니 마셔도 돼."

"으."

야현을 따라 한 모금 마신 제갈지소는 미간을 찌푸렸다.

몸이 약해 술을 거의 입에 대지 않는 그녀였다. 술맛을 잘 알지 못하는 그녀가 와인 특유의 떫은맛이 좋을 리 없었다.

"왜 소녀를 따로 보시자고 했나요?"

제갈지소는 와인 잔을 내리며 물었다.

"본인이 그대의 병을 고쳐 준다고 조금 전에 말을 한 것 같은데. 아닌가?"

주름이 그려졌던 미간이 펴지며 눈동자가 동그랗게 변했다.

"그 전에 알아야 할 것이 있어."

야현이 특유의 웃음을 히죽 지었다.

"……뭔가요?"

불안감에 제갈지소의 목소리는 한 박자 늦게 나왔다.

"그대는 본인을 어떻게 생각하나?"

"……?"

"이상하다고 생각되지 않나?"

제갈지소는 야현을 잠시 쳐다보았다.

확실히 그는 이상한 구석이 많았다.

처음에도 지금도.

"그리고 이곳에서 본 이들은?"

그들은 더 이상하다.

무언가라 꼭 꼬집을 수는 없지만.

"본인은 인간의 탈을 쓴 야수지."

그 순간 야현의 날카로운 송곳니가 이상하리만큼 눈에 들어왔다.

야현은 와인 잔을 들어 한 모금 마셨다.

"본인은 인간이 아니야."

"무, 무슨 뜻이죠?"

"말 그대로."

"……."

제갈지소의 눈동자가 불안감에 젖어들었다.

"뱀파이어."

"……?"

"중원어로 바꾸면 흡혈귀."

"흡혈귀……."

피를 마시는 귀신.

"……!"

제갈지소의 눈동자가 부릅떠졌다.

야현은 평소 음식을 먹지 않는다. 또한 확실하지는 않지만 잠도 자지 않는 것 같다.

부릅떠진 눈동자가 바르르 떨렸다.

자신이 먹는 혈환.

말 그대로 피로 만들어진 환이다.

그 피는 당연히 야현의 피이고.

혈환은 활력을 준다.

밤에만.

낮이 되면 무기력함이 온몸을 짓누른다.

그러자 자연스럽게 떠오르는 것이 있었다.

귀(鬼).

밤에 살아가는 존재들.

"이래서 그대가 마음에 들어. 서두만 꺼내 놓아도 결론을 유추하거든."

야현이 매혹적인 미소를 지었다.

"뱀파이어는 말이야. 아, 그대에게는 흡혈귀라는 명칭이 더 편하겠군."

야현은 와인을 마시며 말을 이어갔다.

"흡혈귀가 가지는 강점부터 말해 줄까, 아니면 단점부터 말해 줄까?"

"단점부터 해 주세요."

"호오—, 역시 그대는 본인을 실망시키지 않아. 서방의 인간들 대부분은 강점부터 들으려 하지. 아니, 흡혈귀에 대해 잘 알고 있으니 강점에 혹해 흡혈귀가 되려 하지."

야현은 와인 잔을 비우고 다시 잔을 채우며 말을 이어갔다.

"일단 가장 큰 약점이라면 태양 아래 살아갈 수 없어. 그리고 음식도 못 먹게 되지. 그럼 무얼 먹고 사느냐?"

야현은 와인 잔을 들어 보였다.

"이 와인처럼 붉은…… 피를 마시고 살아가야 해."

제갈지소는 몸을 바르르 떨었다. 그리고 야현은 와인이 달콤한 피라도 된다는 듯 그것을 천천히 음미했다.

"강점."

제갈지소는 무릎 위에 올려놓은 주먹을 꽉 쥐며 야현을 쳐다보았다.

"영생."

제갈지소의 입이 순간이지만 벌어졌다.

그만큼 놀란 것이다.

그것도 잠시, 눈은 야현을 향하고 있었지만 생각에 잠겼다.

"주군께서는 낮에 활동하였습니다."

"진혈의 특권이지."

"그럼 소녀는."

"본인의 혈족이면 진혈이 되지. 이걸로 약점 하나가 사라지는군."

잠시 눈을 감았던 제갈지소가 이내 결심한 듯 야현을 곧은 시선으로 응시했다.

"살고 싶어요. 인간답게."

야현은 와인 잔을 놓고 자리에서 일어났다. 그리고 제갈지소의 뒤에 서서 그녀의 어깨를 짚었다.

"더불어 영생까지."

콱!

야현은 제갈지소의 목을 물었다.

\*　　　\*　　　\*

피로 흥건한 침대에서 제갈지소는 눈을 떴다.

"아─."

눈을 뜨자 천장이 빙그르르 돌았다.

현기증이다.

어지러움에 제갈지소는 눈을 잠시 감았다. 그리고 감겼던 눈이 다시 번쩍 떠졌다.

그와 함께 떠오른 단편적인 기억들.

그건 바로 야현에게서 물렸을 때의 기억이었다.

야현이 자신을 물었고, 피를 빨았다. 온몸의 피가 빨려 나감에도 불구하고 짜릿한 흥분이 일었었다. 그 흥분을 이기지 못한 제갈지소는 자리에서 일어나 야현의 입술을 덮쳤다.

쾌감이 가득한 입맞춤.

자연스레 둘은 침대로 향했다.

새하얀 침대는 그녀의 피로 금세 붉게 물들었다.

온몸에 피가 묻었고, 야현은 그 피를 핥으며 마셨다. 그렇게 쾌감이 극도로 달했을 때 야현이 자신의 손목을 이빨로 찢었다.

붉은 피가 뚝뚝 흘러내렸다.

그리고 자신이 그 피를 마셨다.

타의였는지 자의였는지는 기억이 모호하지만.

기억은 거기서 끝났다.

'설마.'

제갈지소는 빠르게 몸을 일으켜 입고 있는 옷을 살폈다.

"하아—."

안도의 한숨.

피에 절어 붉게 물든 옷은 여기저기 흐트러져 있었지만 다행히 제대로 입혀져 있었다.

그때 피식 웃음이 터져 나왔다.

인간을 버렸건만 이 상황에 정절을 찾은 자신이 우스워졌기 때문이었다.

꼬르르륵.

반 박자 늦게 배고픔이 느껴졌다.

허기는 갈증으로 바뀌었다.

갈증은 허기와 함께 지독하게 바뀌었다.

달깍.

그때 문이 열리며 한 사내가 안으로 들어왔다.

베라칸이었다.

그는 어깨에 걸치고 온 반라의 여인을 침대에 던졌다.

"으음!"

술에 취한 듯 여인은 미약한 신음과 함께 몸을 비틀었다.

"주군께서 지금쯤 깨어났을 거라 하였소."

"그런데 왜……!"

피.

잠시 잊고 있었지만 자신은 인간을 버리고 흡혈귀가 되었다.

베라칸은 날카로운 손톱으로 여인의 목을 그었다.

푸학!

목이 베이며 피가 튀었다.

"흡!"

비릿한 혈향이 풍겨야 할 피임에도 지금은 어느 꽃보다 달콤한 향으로 그녀를 자극하고 있었다.

꿀꺽.

달콤한 냄새에 저도 모르게 단침이 꿀떡 삼켜졌다.

"아니야."

제갈지소는 자리에서 벌떡 일어나 뒤로 물러났다. 아무리 피에 둔한 무가의 여인이라고 해도 아무렇지 않게 피를 마실 수 없다.

베라칸이 방을 나갔지만 제갈지소는 여전히 피를 뿜고 있는 여인에게서 눈을 떼지 못하고 있었다. 아니, 정확히는 그녀가 아닌 피였다.

피를 외면하려 할수록 더욱 달콤하게 다가왔다.

저 피만 마신다면 타는 듯한 갈증도, 온몸이 말라비틀어질 것만 같은 허기도 단번에 사라질 것 같았다.

제갈지소는 저도 모르게 피를 향해 손을 뻗다가 황급히 손을 거뒀다.

이성이 그녀를 말린 것이다.

그러나 또 다른 자신이 속삭였다.

'마셔! 마셔! 너는 이제 사람이 아니야. 너는 흡혈귀야! 먹지 않으면 죽어!'

지독한 갈등.

그런 갈등은 오래가지 못했다.

허기와 갈증에 지친 육신은 이성은 가라앉히고 본능을 깨웠다. 본능이 이성을 잡아먹자 제갈지소의 눈동자는 몽롱하게 바뀌었다. 그리고 피를 뿜고 있는 여인의 목으로 입을 가져갔다.

달콤하다.

세상에 이렇게 달콤한 것이 있었나 싶었다.

청량하다.

사막 속에서 마시는 녹주의 물이 이런 맛일까.

자신을 고통 속으로 밀어 넣고 있던 갈증도 허기도 단번에 사라지는 듯했다. 그렇게 정신없이 그녀의 피를 빨고 또 빨았다.

하지만 부족했던지,

콱!

길어진 송곳니로 여인의 목을 깨물었다.

그리고 몇 날 며칠을 굶은 사람처럼 정신없이 피를 마시고 또 마셨다.


"아아아악!"

방문 밖으로 찢어질 듯한 비명이 튀어 나왔다.

제갈지소의 울부짖음이었다.

"훗!"

방문을 열려고 하던 야현은 그 소리에 입꼬리 한쪽이 말려 올라갔다. 그리고 문을 열고 안으로 들어갔다.

가장 먼저 눈에 들어온 것은 피로 물든 침대와 말라붙은 여인의 시신이었다.

그리고 침대 아래 무릎 사이에 얼굴을 파묻고 있는 제갈지소가 보였다.

야현은 독한 위스키를 가져와 탁자에 놓으며 제갈지소를 불렀다.

"이리와 앉아."

절대 명령.

블러드 문에게서 빼앗은 권능이었다.

그 말에 제갈지소는 자리에서 일어나 야현 앞에 앉았다. 왜 자신이 여기에 앉았는지 혼란스러워하는 표정이 역력했다.

야현은 위스키를 한잔 따라 그녀 앞으로 밀었다.

"우리에게 유일한 식도락은 차와 술이지."

제갈지소는 가득 따른 위스키를 들어 단숨에 벌컥벌컥 마셨다.

"후우―."

진한 주향이 그녀의 코로 흘러나왔다.

"흡혈귀가 되면 좋은 점 중 하나가 취하지 않는 것이지. 제법 나쁘지 않은 점이야."

야현은 위스키를 다시 가득 따라 주었다.

그리고 그녀는 다시 위스키를 단숨에 비웠다.

"제법 빠르게 안정을 찾았군."

자리에 앉을 때만 해도, 아니 조금 전만 해도 비명을 질렀던 제갈지소였다. 그런데 지금은 사뭇 차분한 안색을 하고 있었다.

"평생 포기란 두 글자를 가슴에 새기고 살아왔으니까요."

"한 잔 더 하겠나?"

"예."

야현은 그녀의 잔을 채웠다.

"평생 사람의 피를 마셔야 하나요?"

"그게 가장 좋지."

야현의 말에 제갈지소가 잔으로 손을 가져가다 말고 야현을 쳐다보았다.

"본인은 피라고 했지, 사람의 피라고는 안 했어."

"그 말씀은?"

"동물의 피로도 연명은 가능해."

"……그런데 왜?"

"흡혈귀는 사람의 피에 적합한 몸을 가지고 태어난 종족이야. 동물의 피로 연명은 가능하지만 사람의 피에서 완전히 벗어날 수는 없어."

야현은 등받이에 몸을 기대며 천천히 말을 이어갔다.

"동물의 피만 섭취하면 자연스레 힘이 약해져. 그대의 권능은…… 그림자군."

야현의 말에 제갈지소의 몸이 움찔거렸다.

"그렇게까지 반응을 할 필요가 있나?"

야현은 위스키 잔을 들었다.

"느끼고 있지? 그대와 본인."

제갈지소는 고개를 끄덕이는 것으로 대답을 대신했다.

"본인은 그대의 창조자야. 그리고 그대는 본인의 후계자지. 의미를 알겠나?"

"또 다른 혈육."

"본인이 제법 좋은 후계자를 두었군."

야현은 위스키를 한 모금 마시며 흡족한 미소를 지었다.

"종속의 인장보다 더 무겁군요."

본능적으로 둘 사이의 관계를 느낀 모양이었다.

"그 대신 본인은 그대를 보호하지."

제갈지소는 고개를 끄덕였다.

"말이 잠시 엇나갔군. 동물의 피로 연명하면 힘이 약해져."

"주군께서도 사람의 피로 살아가나요?"

"궁금한가?"

"……"

"본인은 가능하면 동물의 피로 살아가지."

제갈지소의 눈이 살짝 커졌다.

"의외라 생각한 모양이군."

"……네."

"그대가 본인을 어떻게 보았는지 몰라도 본인은 인간답게 살아가려 노력하고 있어. 그래서 사람의 피도 최소한으로 섭취하지. 하긴 요즘은 워낙 주위가 시끄러워서 사람의 피를 자주 마시기는 하지만 말이야."

말을 멈춘 야현의 표정은 어딘가 쓸쓸해 보였다. 그러나 그것은 그야말로 찰나였을 뿐, 곧 원래의 표정으로 돌아온 야현이 제갈지소에게 말했다.

"사람의 피든 동물의 피든 그건 그대가 선택할 문제야."

제갈지소는 묵묵히 고개를 끄덕였다.

"하지만."

야현은 강한 어조로 말을 이었다.

"최소 며칠 동안은 사람의 피를 마셔."

"꼭 그래야만 하나요?"

야현이 사람의 피를 마시지 않아도 된다고 했다.

"그대는 온전한 몸을 가지지 않았어. 사람으로 치자면 유아기 정도지. 최소 한 달은 사람의 피를 마셔야 해."

"하지만."

"태양 아래서 살고 싶지 않다면 그렇게 하지 않아도 돼."

제갈지소는 입술을 지그시 깨물었다.

"그대도 느끼지? 빛이 무섭다는 것을. 앞으로 인간답게 살고 싶으면 본인 말대로 해. 알았나?"

"알겠어요."

"당분간 피는 본인이 제공해 주지. 본인이 그대를 태어나게 했으니."

야현은 위스키 잔을 들었다.

"앞으로 잘해 보자고. 나의 후계자여."

제4장

# 본인은 영생을 하지요

야풍장 장주실.

야현은 한가롭게 차를 마시고 있었다.

"어떤가?"

야현은 함께 자리하고 있는 코스카, 화이트 기사단을 이끌고 온 부단장에게 물었다.

"이국적인 풍취가 마음에 드옵니다."

"기사들은?"

"낯설음을 느낄 사이도 없을 겁니다."

하긴 오자마자 독고결, 흑편을 도와 살문 일통을 위한 싸움에 나섰으니 그럴 법도 했다.

뱀파이어 왕국에서 돌아온 지 보름.

서방과 동방을 잇는 워프 게이트 진이 완성이 되었고, 화이트 기사단이 칠 일 전 이곳으로 파견되어 왔다.

"흑오입니다."

"들어와."

야현의 허락이 떨어지자 흑오가 안으로 들어왔다.

"흑편이 마지막 살문을 정리했다는 보고를 올렸습니다."

"생각보다 빠르군."

"백월단의 힘이 컸습니다."

백월단은 화이트 기사단을 지칭하는 용어였다. 그 말에 크리먼 단장을 대신해 화이트 기사단을 이끌고 있는 코스카의 입에서 흡족한 미소가 지어졌다.

"그 일 때문에 온 건 아닌 듯싶은데."

"흑사에게서 전언이 왔습니다."

"뭐라고 왔나?"

제갈지소의 이름에 야현은 입꼬리 한쪽을 말아 올렸다.

"살모사로 태어나고 싶답니다."

"후후."

차가운 웃음소리가 흘러나왔다.

각인이라는 것이 있다.

뱀파이어가 되면 자연스레 각인된다. 단지 야현은 그 각

인에 한 가지를 더했을 뿐이었다. 새롭게 태어나라고.

어찌 보면 각인은 아니다.

마음 한구석에 자리 잡고 있던 응어리를 끄집어내 밖으로 표출시켜 준 것이니.

"원하는 지원은?"

제아무리 제갈지소라 하여도 그녀가 부수려 하는 곳은 제 갈세가다. 지모에 가려져 있다 한들 제갈세가는 엄연히 천 하 오대세가 중 일좌를 자치하고 있는 무가였다.

"주군과 흑마의 도움을 청한다 전해 왔습니다."

"빠르게, 그리고 가장 확실하게 정리하겠다는 뜻이로군."

"자정쯤 찾아간다고 전해. 그리고 곽이만에게도 전하고."

"명."

흑오가 나가고.

"주군."

베라칸이 입을 뗐다.

"그녀를 후계자로 키우실 생각이십니까?"

그뿐만 아니라 코스카 역시 궁금했던 사항이었다.

이제껏 후계자를 만들지 않던 야현이었다. 그리고 야현의 행동으로 미뤄 짐작하건대 앞으로도 만들지 않을 것이라 여 겼다. 그런데 야현이 후계자를 만들었다.

"후계자라."

야현의 입가에 차가운 미소가 맴돌았다.

"뱀파이어의 후계자는 참으로 특이한 존재지."

"……?"

"후계자는 마스터를 통해 많은 것을 얻지. 그러나 그의 그늘에서 벗어날 수도 없어."

야현은 히죽 웃음을 지으며 말을 이어갔다.

"그리고 뱀파이어는 영생을 하지."

그 말인즉슨, 제갈지소는 둘 중 하나가 소멸되는 날까지 야현의 그늘에서 벗어날 수 없다는 뜻이었다.


팟!

검은빛과 함께 야현과 카이만이 제갈지소의 방 한구석에서 모습을 드러냈다.

"마스터를 뵈옵니다."

야현과 눈이 마주친 제갈지소의 눈동자가 살짝 흔들렸다. 그녀는 이내 자리에서 일어나 허리를 숙였다.

야현은 마치 자신의 방인 듯 여유로운 행동으로 탁자로 걸어가 앉았다.

"몸은 어떤가?"

"좋습니다."

싱그러운 미소.

뱀파이어 특유의 창백함과 붉은 입술로 만든 미소는 예전보다 고혹적으로 변해 있었다.

"제갈세가를 가지겠다고?"

"그렇습니다."

"생각보다 빠르군. 적어도 한 달은 지난 후에 그리할 줄 알았는데."

"감춘다고 감추었지만 소가주가 달라진 소녀의 몸을 알아차린 듯합니다."

마치 목각 인형이 말을 한다면 이렇지 않을까 싶을 정도로 제갈지소의 목소리는 무미건조했다.

그리고 그녀가 말하는 대상은 제갈세가 소가주 제갈성.

그녀의 아버지다.

그런데 그녀는 마치 타인을 지칭하듯 감정이 담겨 있지 않았다. 가뜩이나 타인보다 못한 사이였는데 뱀파이어가 되자 감성이 메마르며 더욱 심해진 것이다.

"쳐낼 가지는?"

"소가주 제갈성, 유일한 핏줄, 제갈현덕. 그리고 총관, 와룡각주. 그리고……."

그녀답지 않게 머뭇거렸다.

"그리고?"

"가주 제갈호입니다."

말을 잠시 멈춘 제갈지소는 다부진 눈으로 야현을 빤히 쳐다보았다.

"이 다섯이 없으면 소녀가 제갈세가를 움켜잡을 수 있습니다."

메말랐다고 느낀 그녀의 감정이 흔들리는 눈동자로 표출되었다.

"다섯이면 충분하나?"

"그렇습니다."

"밤도 깊었으니 슬슬 움직이지."

야현이 자리에서 일어났다.

          *          *          *

똑똑.

"누구냐?"

제갈세가에서 가장 후미진 곳에 자리한 단칸의 기와집.

일선에서 물러난 가주 제갈호가 머무는 곳이었다.

"저입니다."

제갈지소는 문을 열고 안으로 들어갔다.

침상 하나에 탁자 하나, 그리고 서책들이 빼곡히 꽂혀 있는 책장이 전부인 단출한 방. 제갈호는 호롱불에 의지해 책을 읽고 있었다.

"이 늦은 시간에 어인 일이냐?"

제갈호는 책을 덮으며 인자한 미소를 지었다.

"차를 가져왔어요."

제갈지소는 찻주전자가 놓인 쟁반을 탁자 위에 올려놓았다.

"마침 입이 적적했는데. 내 마음을 알아주는 건 너밖에 없구나."

제갈지소는 희미한 미소를 드러내며 차를 따랐다.

"그래, 몸은 어떠냐?"

"많이 좋아졌습니다."

"요 며칠 어디 다녀온 거 같던데."

"치료에 도움이 될 만한 것이 있다 하여 잠시 다녀왔었습니다."

"도움은 되었고?"

"치료를 하고 있습니다."

"그러냐?"

제갈호는 환한 표정을 지었다.

"……차가 식습니다, 할아버지."

"오랜만에 손녀가 타 주는 차인데 식으면 안 되지."

제갈호는 고개를 끄덕이며 찻잔을 들었다. 그리고 입으로 가져가던 제갈호의 움직임이 잠시 멈추었다. 그러나 언제 그 랬냐는 듯 그는 다시 차를 입으로 가져갔다.

멈칫거림이 워낙 짧았고, 이어지는 행동이 너무나도 자연 스러워 처음부터 자연스럽게 찻잔을 입으로 가져간 것처럼 보였다.

"성이는?"

제갈지소는 고개를 저었다.

뜻대로 할 수 없는 게 자식의 일인바.

"네가 고생이로구나."

제갈지소는 무표정한 얼굴로 자신의 잔을 들 뿐이었다.

"……지소야."

제갈호의 목소리는 미세하게 흔들렸다.

그와 함께 찻잔을 잡고 있던 제갈지소의 눈동자가 흔들 렸다.

"네가 사내로 태어났다면 좋았을 것을."

제갈지소는 눈을 감았다.

"아니, 성이 그 녀석의 마음이 더욱 넓었다면…… 쿨럭!"

보지 않아도 알 수 있었다.

제갈호가 독에 잠식되어 죽은 검은 피를 토해냈음을.

"그랬다면 천하제일의 가문이 될 수 있었을 텐데."

"……"

"꼭…… 이, 이렇게 해야 했느냐?"

"죄송합니다. ……할아버지."

"후우—."

회한 가득한 한숨.

왜 모르겠는가?

제갈성과 제갈현덕이 자초한 일이다. 좀 더 따뜻하게 혈육의 정으로 그녀를 안아 주었으면 되었을 것을. 먼저 밀어낸 이들도 그 둘이다.

"옹졸한 마음이 결국 이 상황을 만들고 말았구나. 허허
—."

제갈호는 눈을 잠시 감으며 허탈한 웃음을 터트렸다. 그런 그의 모습에 제갈지소의 눈에 눈물이 맺혔다.

붉디붉은 피의 눈물이.

"몸이 나, 나은 게 맞느냐?"

독에 서서히 죽어가는 와중에도 제갈호는 제갈지소의 몸을 걱정하고 있었다.

"……네."

"세가를, 세가를 무너트리려는 것은 ……후우, 아니겠지?"

점점 말하기가 힘이 드는지 간간이 거친 숨을 가다듬는 숨소리가 들렸다.

"소녀도 제갈가의 사람입니다."

"그, 그래. 그러면 ……되, 된다."

"이 할애비 마지막으로 부탁 하나 하마."

"…….'

"미워도, 죽일 듯 미워도 혈육이다. ……후우. 펴, 편히
보내 주거라."

"네."

콰당!

제갈호의 몸이 바닥으로 쓰러졌다.

"하, 할아버지."

제갈지소가 다급히 제갈호에게로 달려갔다.

"도, 독하게 마음을 먹었으면…… 쿨럭. 눈물 따위는 보
이지 마라."

제갈호는 손을 뻗어 제갈지소의 뺨을 쓰다듬었다.

"……차라리 잘 된 일인지도 모르겠구나. 쿨럭. 성이나 덕
이 보다는 네가 가문을 잘 이끌어 나갈 터이니."

제갈호는 부들부들 떨리는 손으로 제갈지소의 머리를 쓰
다듬었다.

"더욱 독해지고 강해지거라. 알겠느냐?"

"예."

"그래, 그래야 내 손녀답……."

마지막 그 말을 마치지 못하고 제갈호의 손이 바닥으로 떨어졌다.

뚝!

제갈호의 가슴 위로 핏물 한 방울이 떨어졌다.

뚝뚝뚝!

그리고 이어진 핏물들.

"끄으으—."

제갈지소는 새어 나오는 슬픔을 견디기 위해 입술을 꽉 깨물었지만, 그녀의 의지와는 상관없이 울음소리가 흘러나왔다.

그런 그녀 앞에 붉은 손수건 하나가 내밀어졌다.

야현이었다.

"우는 것은 잠시 미뤄."

제갈지소는 붉은 손수건으로 눈물을 닦으며 자리에서 일어났다. 그러는 사이 야현은 흰색 도포를 벗어 제갈호의 시신을 덮어 주었다.

"고마워요."

"고맙기는. 본인은 그대의 마스터야."

야현은 제갈지소의 어깨를 가볍게 두들기며 미소를 지었다.

　　　　\*　　　\*　　　\*

"음?"

종이 위 글자가 자연스레 이어지지 못하고 거칠게 툭툭
끊겼다. 제갈성이 미간을 좁히며 고개를 돌려 벼루를 쳐다
보았다.

먹물이 없어 벼루 군데군데가 말라가고 있었다.

몇 글자만 더 쓰면 끝인데.

그냥 그만두는 것으로 오늘 일을 마무리할 법도 하지만
제갈성은 연적에 담긴 물로 벼루를 채우고 먹을 들어 갈기
시작했다.

사각 사각 사각!

먹이 갈리는 소리가 은은하게 방 안을 채웠다.

"흠!"

어느새 먹을 갈며 생각에 잠긴 제갈성의 입에서 무거운
신음이 흘러나왔다.

그는 깊은 고뇌에 잠겨 있었다.

그에게 있어 고뇌와 번민을 주는 건 단 하나.

바로 제갈지소의 존재였다.

제갈세가를 이끄는 자신을 제치고 천하에서 이름을 얻은
딸. 그리고 그 위명답게 자신을 뛰어넘는 모습들.

"차라리 단명했으면 좋으련만."

그렇게 되리라 여겼다.

그리고 그렇게 되고 있었다.

그런데 어느 날부터 그녀가 달라지기 시작했다. 아니, 병이 호전되어 가고 있다고 해야 하나?

불치의 병이라 여겼건만.

그녀에게는 아닌 모양이었다.

"맞아. 그때부터였지."

저도 모르게 흘러나온 중얼거림.

하오문의 뒤를 캐던 중 사라졌다가 다시 돌아온 그 날. 아마 그날부터였을 것이다. 달라지기 시작한 것은.

'어찌해야 하나?'

그의 고뇌의 시작이었다.

자신의 딸이다.

평생 보아 온 딸이다.

말은 안 해도 알 수 있는 것들이 있다.

제갈지소, 그녀는 분명 낫는다.

문제는 그 후다.

'그냥 죽어 줬으면 좋았을 것을.'

제갈성의 눈에도 독기가 생겼다.

뚝!

그때 먹이 반으로 부러졌다.

주위로 튄 먹물에 제갈성은 눈살을 찌푸렸다.

"흠."

이어져 나온 침음.

단순히 불쾌해서가 아닌 뭔가 꼭 짚어 말할 수 없는 불길함 때문이었다.

제갈성은 깨끗한 종이로 먹물을 닦고 반으로 부러진 먹을 휴지통에 버린 후 자리에서 일어났다. 그리고 방 모퉁이에 놓인 간단히 세안을 위해 떠놓은 물로 손에 묻은 먹을 지웠다.

끼익.

그때 문이 열렸다.

"총관인가?"

제갈성은 손을 털어 물기를 날려 보내며 물었다.

"……"

아무런 대답도 들려오지 않았다.

제갈성의 눈매가 순간 가늘어졌지만 이내 그는 차분한 표정을 되찾았다. 그리고 옆에 놓여 있는 수건으로 물기를 닦으며 몸을 돌렸다.

다시 닫히는 문 앞에는 제갈지소가 서 있었다.

"네가 이 시간에 어인 일이냐?"

제갈성은 낯을 찌푸리며 자리로 돌아가다 조금 전 부러진 먹을 떠올리며 걸음을 멈췄다. 그러고는 다시 고개를 들어 그녀를 쳐다보았다.

"이 가문."

그제야 제갈지소가 입을 열었다.

"이제는 제가 가지려 해요."

제갈성의 눈썹이 슬쩍 올라갔다.

"그럴 깜냥이나 되고?"

제갈성은 그녀를 빤히 쳐다보며 기운을 끌어올려 주위를 살폈다.

"네게서 그런 말을 들을 줄 몰랐구나."

제갈성은 어이없다는 듯 웃음을 드러냈다.

후우우우—

그때 제갈지소의 몸에서 지독한 살기가 피어났다.

"……!"

제갈성은 살기에 반응해 뒤로 한 걸음 물러났다.

"네가 무공을?"

제갈성은 놀람을 감추지 못했다.

"정말 너란 년은 이 순간까지 이 아비를 농락하는구나."

제갈성은 생각지도 못한 그녀의 살기에 잠시 놀랐지만 이내 같잖다는 듯 웃음을 터트리며 느릿한 걸음으로 책상으로 걸어갔다.

"나 하나 죽인다고 네가 이 가문을 가질 수 있을 거 같으냐?"

"당신 하나만 죽이면 돼요."

"흥! 똑똑한 년이 이리 아둔…… 설마……."

제갈성은 머리를 스치는 무언가가 있었다.

"총관, 와룡각주, 현덕, 그리고……."

제갈성의 얼굴이 점점 심각하게 일그러지고 있었다.

"할아버지까지."

"독한 년인 줄 알았지만."

"이리 만든 건 당신이에요. 그리고 이제 당신 하나만 남았어요."

스르릉!

제갈성이 시퍼런 검을 뽑아 들었다.

"그래, 그랬었지."

제갈성은 제갈지소를 보며 입을 열었다.

"너는 아버지를 똑 닮았지. 나와는 다르게."

제갈성의 얼굴이 차갑게 변했다.

"그냥 죽어줬으면 좋았을 것을."

제갈성이 단숨에 거리를 좁히며 검을 휘둘렀다. 한 치의 망설임도 없이 그의 검은 제갈지소의 목을 베어 갔다.

제갈지소는 허리를 젖혀 제갈성의 검을 피하며 그의 품으로 파고들어 일장을 휘둘렀다.

팡!

묵직한 파음과 함께 제갈성의 신형이 뒤로 주르르 밀려났다.

"놀랍군."

제갈성은 그녀의 일장을 막은 왼팔을 접었다 펴며 놀라움을 드러냈다.

그러나 그것도 잠시.

이번에는 먼저 선공을 펼치는 제갈지소의 공격에 제갈성은 뒤로 한 걸음 물러나 공간을 만들어 내며 검을 아래에서 위로 그어 올렸다.

서걱!

제갈지소의 왼쪽 어깨가 베이며 검은 피가 튀었다. 그 순간을 놓치지 않고 제갈성은 제갈지소의 복부를 향해 검을 내찔렀다.

캉!

제갈지소는 그런 제갈성의 검면을 후려치며 날카로운 손톱으로 그의 얼굴을 베어 들어갔다.

"그깟 어쭙잖은 실력으로 이를 드러내다니. 가소롭구나."

제갈성은 코웃음을 치며 허리를 젖혀 제갈지소의 손톱을

피하고,

펙!

그녀의 배를 걷어찼다.

서걱!

제갈성은 충격에 허공으로 붕 뜬 제갈지소의 배를 갈랐다.

"으윽!"

제갈지소의 몸이 바닥으로 떨어졌다.

그리고 그녀가 몸을 수습하여 채 자리에 서기도 전에 제갈성의 검이 그녀의 목에 닿았다.

"불쾌한 사기가 코를 찌르는구나."

살기 속에 담긴 뱀파이어 특유의 사기를 읽은 모양이었다.

"살기 위해 사술에 손을 대다니."

빈정거림.

"고맙구나."

"……."

"진심이다."

제갈지소는 분한 듯 입술을 깨물었다.

"네 덕에 거추장스러운 아버지가 사라졌으니 말이다. 아이야 또 낳으면 되는 것이고. 크크크."

제갈성의 입에서 웃음이 터져 나왔다.

"그럼 이만 너와의 연을 끊어내자꾸나."

쐐애애액!

제갈성은 더는 말을 섞을 생각이 없었던지 제갈지소의 목을 가차 없이 베었다.

훅!

그 순간 방안에 유일한 빛인 호롱불이 꺼졌다.

일순간 찾아온 어둠.

그리고 분명 꿰뚫었어야 할 검에서는 아무런 느낌도 없었다.

"쯧."

낯선 인기척.

"누구냐?"

어둠을 걷어 내기 위해 제갈성은 검기로 굳게 닫혀 있는 창문을 베어 버렸다.

창문이 떨어져 나가며 달빛이 방 안으로 들어왔다. 그제야 시야를 찾은 제갈성은 벽에 기댄 제갈지소와 그 옆에 서 있는 한 사내를 보았다.

야현이었다.

'동조자.'

그러고 보니 이 소란이 일어났음에도 사위가 조용하다.

아니, 그 전에 총관을 비롯해 와룡각주가 죽었음에도 아무런 소란도 일어나지 않았다. 제갈지소에게 정신이 팔려 중요한 부분을 지나친 것이다.

"무모함은 이번 한 번뿐이야."

"……."

야현이 손을 뻗자 의자 하나가 그의 손에 끌려갔다. 야현은 의자에 제갈지소를 앉혔다.

"마무리는 넘겨주지."

그 말에 제갈지소가 고개를 들어 야현을 쳐다보았다.

"고마워할 필요는 없어. 본인은 그대의 마스터니까."

야현은 제갈지소의 이마에 입술을 맞춘 후 제갈성을 향해 몸을 돌렸다.

"누구냐?"

제갈성의 안색은 무거웠다.

그의 기척을 느끼지도 못했으니 당연한 일.

더욱이 그의 몸에서는 제갈지소와는 비교할 수 없을 정도로 지독한 사기가 느껴졌다.

"마교냐 사도련이냐?"

"그게 중요한가요?"

야현은 아공간에서 야월을 뽑았다.

"궁금한 것은 풀어드리죠. 본인은 마인도 사파인도 아닙니다."

"……?"

"그냥 어둠이라고 말해 두죠."

야현이 제갈성을 향해 히죽 웃음을 드러냈다. 달빛에 야현의 송곳니가 유달리 번뜩였다.

"크하하하하!"

제갈성은 상황에 어울리지 않게 웃음을 터트렸다.

웃음을 뚝 그친 제갈성의 몸에서는 지금까지와는 다른 기세가 피어났다. 가히 한 가문을 책임지는 자다운 패기였다.

팟!

흡사 그 자리에서 사라진 듯 제갈성은 야현과의 거리를 단숨에 좁히며 검을 찔렀다.

야현은 야월로 그 검을 막고 몸을 회전시키며 그의 하체를 베었다.

캉!

제갈성은 쉽사리 야현의 검을 막으며 다리를 차올렸다.

펑!

야현은 왼손으로 그의 다리를 막고 뒤로 몸을 날려 거리를 만들었다. 그러나 야현의 의도대로 거리를 만들지는 못했다.

제갈성이 바닥을 박차며 따라붙은 것이다.

쐐애애액!

제갈성의 검이 매섭게 야현의 가슴을 베어왔다.

그리고 가슴을 베이려는 그 순간.

야현의 몸이 그림자에 묻히며 사라졌다.

'……!'

제갈성의 눈동자가 한순간이지만 흔들렸다.

움직임을 놓친 정도가 아니라 전혀 보지 못했다. 마치 신기루가 눈앞에서 사라진 것처럼 말이다.

쐐애애액!

"헙!"

그때 등 뒤에서 덮쳐 오는 파공성.

그리고 살기.

제갈성은 이를 악물며 앞으로 몸을 굴려야 했다. 머리 뒤로 서늘한 파음이 느껴졌다. 조금만 늦었으면 치명상을 입었을 것이 분명했다.

제갈성은 입술을 깨물며 빠르게 자세를 잡았다. 반 장이 조금 안 되는 거리에 야현이 서 있는 모습이 눈에 들어왔다.

"조금 실망이군요."

야현은 실망감이 가득한 눈으로 제갈성을 내려다보았다.

"제갈세가의 검을 조금은 기대했었는데."

"이익!"

제갈성은 분에 찬 얼굴로 자리에서 일어나려 했다.

그를 바라보는 야현의 눈동자에 붉은 동공이 커졌다.

"……!"

자리에서 일어나던 제갈성의 눈이 화등잔처럼 커졌다. 그리고 눈동자가 파르르 떨렸다.

"이, 이 무슨 사술이더냐!"

제갈성의 몸은 마치 석상이 되어 버린 것처럼 움직이지 않았다.

"더는 볼 것도 없군."

비록 소가주이나 다른 세가의 가주나 다름없다 여겨 기대했건만 생각 이상으로 그의 무력은 낮았다.

야현은 야월을 다시 아공간에 넣은 후 제갈성 앞으로 걸어갔다. 그러고는 발로 그의 가슴을 밀었다.

쿵!

제갈성의 몸이 썩은 고목처럼 뒤로 넘어갔다.

"어서 사술을 풀…… 읍읍!"

야현은 권능으로 그의 입을 막아 버린 후 제갈지소를 쳐다보았다.

"본인은 이만 가지. 카이만."

"우히히히."

카이만이 괴소와 함께 모습을 드러냈다.

"남아서 도와주고, 게이트 진 하나 설치해."

"알겠습니다."

콰직!

야현이 몸을 돌리자 제갈지소가 제갈성에게로 달려들어 목을 깨물었다.

"홋!"

야현은 입꼬리를 말아 올리며 허공을 찢었다.

찢어진 허공 너머로 야풍장이 보였다. 야현이 이내 찢어진 공간 안으로 사라졌다.

제5장

감성에 젖기
좋은 날들이야

*Vampire*

"곧 있으면 신년이로군."

야현은 정자에서 소복소복 쌓이는 눈을 바라보고 있었다.

"백문대전이 며칠 남지 않았군그래."

야현이 따끈한 김이 피어나는 찻잔을 들었다.

"이틀 후면 백문대전(百門大戰)이, 닷새 후에 백무쟁투(百武爭鬪)가 열립니다."

흑오가 야현의 찻잔을 따뜻한 차로 채우며 대답했다.

사도련에서 가장 큰 축제이자 권력의 중심이 바뀌는 행사.

백문대전, 그리고 백무쟁투.

백문대전은 새로이 문파의 서열을 결정하는 집단 비무이며, 백무쟁투는 가주 혹은 문주들의 서열을 정하는 개인 비무였다.

"구 문주는 뭐라 하던가?"

"상당한 자신감을 보이고 있습니다."

"후후."

야현이 웃음을 나직하게 내뱉었다.

"이번 백문대전에서 사사가(邪四家)를 사오가(邪五家)로 만들겠다고 하였습니다."

"아직 그 정도 여력은 안 될 텐데?"

구염부의 개인적 무력은 몰라도 문파의 힘은 큰 성장을 이루지 못했다.

"적랑단이 이번 대전에 참가할 예정입니다."

적랑단이면 적랑 기사단이다.

"구 문주의 요청도 있었고, 적랑단 역시 백월단의 전투에 자극을 받았는지 백문대전에 나가기를 원하였습니다."

늑대 인간은 본능적으로 싸움을 갈구한다.

"은밀히 몇몇 문파들과 손을 잡은 모양입니다. 백문대전과 백무쟁투 후 판을 흔들어 보이겠다고 하였습니다."

"이왕이면 사오가보다는 사사가의 자리에 앉아 보라 해."

야현은 찻잔을 들며 말했다.

"뿌리부터 흔들어야 가질 수 있다고도 전하고."

"그리 전하겠습니다."

"사도련은 당분간 지켜보면 될 듯하고…… 흑화는?"

서큐버스 엘리를 뜻하는 것이었다.

"생각보다 깊이 침투하지 못한 모양이군."

야현은 순간 스쳐 지나가는 흑오의 표정을 읽었다.

"화산파, 곤륜파, 개방은 각각 주요 장로들을 비롯한 중추인물을 포섭했사오나……."

"소림, 무당, 아미파가 문제군."

"소림과 무당은 무림방파이면서 불교와 도교의 성지입니다. 그래서 쉽지 않은 모양입니다. 하여 일단 주방을 책임지는 이들로 포섭은 해 두었다고 합니다."

'신성력이로군. 이곳에서는 항마력이라고 했던가?'

야현은 미간을 찡그렸다. 그러고 보니 전에 스치듯 만났던 소림의 무승이 떠올랐다. 서방의 신관기사 못지않은 신성력을 가지고 있었다.

"그리고 아미파는 여승들로 이뤄진 곳인지라 쉽지 않은 모양입니다."

"아미파라."

야현은 잠시 고민에 잠기는 모습이었다.

"일단 넘어가고, 흑사는?"

"며칠 전 정식으로 가주직에 올랐습니다."

"제법 시간이 걸렸군."

"가문의 장례 법도를 따른다고 시간이 걸렸을 뿐, 수월하게 가주직에 올라섰습니다."

"여인의 몸으로 쉽지 않았을 텐데 역시 지패는 지패인 모양이군."

"흑사의 능력도 능력이지만 절대자 사패에 이름을 올린 것이 가장 크게 작용을 한 듯합니다."

"크게 작용하게 만들었겠지."

야현은 제갈지소를 떠올리며 입꼬리를 말아 올렸다.

"그리고 전언을 올렸습니다."

"뭔가?"

"큰 주모, 작은 주모, 그리고 자신까지 혼례를 올려 달라 합니다."

모용란과 당린린은 그렇다 하여도 제갈지소 자신까지?

"하하하하하하!"

야현은 웃음을 터트렸다.

"그래만 주신다면 완벽히 오대세가를 움켜잡겠다고 하였습니다."

세 가문의 확실한 연합.

"……주군."

"……?"

"어찌하실 생각이시온지."

흑오는 조심스럽게 물었다.

"하지."

"……?"

순간 흑오의 눈이 동그랗게 떠졌다. 허락은 둘째치고 야현이 너무나도 쉽게 대답을 했기 때문이었다.

"좋은 생각인데 안 할 이유도 없지."

야현은 미소를 보이며 화제를 돌렸다.

"남은 건 마교뿐이군."

야현의 미소가 차갑게 변했다.

"마교의 외단이 마풍각이었던가?"

"그 외에 자잘한 조직이 있지만 마풍각이 가장 핵심적인 조직입니다."

"마풍각부터 일단 지워야겠군."

"일단 그렇게 계획을 짜 보도록 하겠습니다."

말을 마치자 야현은 자리에서 일어났다.

"혼례를 하려면 청혼이 먼저겠군."

야현은 모용란과 당린린이 머물고 있는 전각으로 향했다.


"하아―."

침상에 누워 있던 당린린이 한숨을 푹 내쉬었다.

"아, 진짜."

당린린이 신경질적인 반응을 보이며 자리에서 벌떡 일어나 앉았다.

"언니."

당린린은 탁자에 앉아 자수를 놓고 있던 모용란을 불렀다.

"왜?"

"하아―, 내가 말을 말아야지."

당린린은 모용란을 보자 측은한 눈으로 고개를 절레절레 저었다. 그나마 자신은 가끔이라도 야현의 품에 안겼지만, 모용란은 시집도 안 간 처녀가 생과부 생활을 하고 있으니 절로 한숨이 나온 것이다.

끼익―

그때 문이 열리고 야현이 안으로 들어왔다.

"가가!"

당린린이 언제 인상을 찌푸렸냐는 듯 자리에서 벌떡 일어나 야현의 품에 안겼다.

"이곳은 란 매의 방 아니었던가?"

"심심해서요."

"그렇군."

야현은 당린린의 등을 쓰다듬은 후 모용란 앞으로 걸어갔다. 모용란은 자리에서 일어나 야현을 향해 다소곳한 미소를 짓고 있었다.

야현은 무심한 눈으로 모용란을 바라보다 담담한 미소를 지었다.

"란 매."

"말씀하세요."

"그대는 참으로 당찬 여인이었는데 말이야."

"필요할 때에는 언제나 당찬 여인으로 돌아갈 수 있어요."

다소곳하지만 유약하지는 않은 모습.

"그래, 그 모습이 좋아."

야현은 모용란에게서 한 걸음 뒤로 물러났다.

"본인이 그대에게 몹쓸 짓을 한 건 알아."

모용란의 입가에 씁쓸한 미소가 감돌았다.

"그렇지만 그대는 본인만 봐 주었지. 본인이 무엇을 가지고 있는지, 무엇을 하는지 관심에 두지 않고 오직 본인만 보아 왔어."

"……."

불안감이 들어서일까 모용란의 표정은 옅어졌고, 눈동자는 조금씩 흔들렸다.

"다이아몬드, 중원에서는 금강석이라고 하지. 비록 중원에서는 모르겠지만 서방에서는 영원함을 상징해."

야현은 한쪽 무릎을 꿇고 아공간에서 다이아몬드가 박힌 반지를 꺼내 내밀었다.

"그대가 본인과 결혼을 해 줬으면 좋겠군."

"어머!"

목소리의 주인은 모용란이 아닌 당린린이었다.

모용란은 양손으로 입을 가린 채 굵은 눈물을 흘리고 있었다.

"행복한 결혼 생활은 장담할 수 없지만, 그대가 내 곁에 있었으면 해."

야현은 모용란의 왼손을 부드럽게 잡아당겼다.

"허락해 주겠는가?"

"……네."

그 말에 모용란이 고개를 끄덕였다.

허락이 떨어지자 야현은 그녀의 손가락에 반지를 끼웠다. 그리고 자리에서 일어나 가볍게 입을 맞췄다.

"소녀는? 소녀는요?"

당린린이었다.

"홋!"

야현은 몸을 돌려 당린린의 허리를 휘감아 허공에 반쯤

늪혔다.

"그대는 이런 것을 더 좋아하지 않나?"

야현은 당린린의 입에 찐하게 입을 맞춘 후 반지를 그녀의 손가락에 끼웠다.

"이제 그대는 본인의 것이야."

"호호호호호!"

당린린은 목을 젖혀 웃음을 터트렸다.

"솔직히 기분이 좋지는 않지만 받아드릴게요."

당린린은 모용란을 향해 한쪽 눈을 슬쩍 깜빡인 뒤 야현의 입술에 깊게 입을 맞췄다.

*     *     *

홀로 자작하기에 더없이 좋은 정취가 물씬 풍기는 시각, 자정.

야현이 머무는 장주실로 제갈지소가 들어왔다.

"이런 야밤에 무슨 일이지?"

"잊으셨나요? 소녀 역시 잠을 잊은 종족이 되었다는 것을요."

야현은 눈으로 맞은편 의자를 가리키며 앉기를 청했다.

"한잔할까?"

야현이 자그만 술독을 가리켰다.

"주세요."

제갈지소는 술잔을 들었다.

"전에는 술은 입에도 대지 못했는데…… 지금은 술 없이 살 수 없는 몸이 되었네요."

제갈지소는 피식 웃음을 터트리며 단숨에 비웠다.

"그래도 술이 있어 나쁘지 않은 인생이지."

야현은 빈 잔을 채우며 말했다.

술잔을 반쯤 비운 야현은 제갈지소를 바라보았다.

"담소를 나누자고 온 건 아닐 테고."

"세 번째 부인이 되려면 형님들에게 허락을 구해야 하는 법이죠."

"의외로 조용하군."

야현은 방문 밖을 쳐다보며 말했다.

"명목상 부인이니 큰 소란이 일어날 일은 없죠. 거기에 소녀는 가주이니 합가(合家)할 일도 없고요."

"의미 없는 혼례라고는 하지만 그대의 선택은 신선했어."

"어차피 누군가와 혼례를 치를 수 없는 몸입니다."

묘하게 복잡한 눈.

"후회하나?"

"그럴 리가 있나요?"

제갈지소는 순수한 미소를 지어 보였다.

"인간이든 흡혈귀이든 살아 있다는 게 중요해요. 지금처럼."

"잘 적응하고 있는 거 같군."

야현은 그녀를 보며 고개를 끄덕였다.

"소녀의 느낌만인가요?"

"……?"

"주군께서 소녀를 대하는 태도가 달리 느껴집니다."

"그대는 본인의 후계자이고, 지금은."

야현은 창문 너머로 은은하게 찾아드는 달빛을 쳐다보았다.

"감성에 젖기 좋은 시각이지."

야현의 미소에 제갈지소의 눈도 창문으로 향했다.

"날은 큰형님 댁에서 잡기로 이야기되었어요."

눈이 내리고 있었다.

\*　　　\*　　　\*

모용세가.

"푸하하하하하!"

걸걸한 웃음이 장주실을 들었다가 놓았다.

"아버지, 웃음이 나오십니까?"

모용휘가 미간을 찡그리며 말하다가 이내 고개를 돌려 모용란을 쳐다보며 다시 입을 열었다.

"누님. 그래도 이건……."

"됐다."

모용란이 모용휘의 말을 막았다.

"난 놈은 난 놈이야."

모용곽이 수염을 쓸었다.

모용세가에 사천당가, 놀라운 일이기는 하지만 그 정도면 그러려니 할 수 있다. 문제는 제갈세가다.

무림맹의 한 축이자 무림의 세가들을 대표하는 오대세가.

그중 세 가문과의 혼례.

다섯 가문 중 두 가문과 세 가문의 차이는 크다.

그것도 혈연을 통한 화합이다.

그것만으로 거대한 폭탄 하나를 던져 놓은 것일진대, 거기서 한 걸음 더 나가 제갈세가의 여인은 가주다.

"날은 우리가 잡으면 된다는 말이지?"

"네. 그래도 당가는 어느 정도 예우를 해 주는 게 좋을 듯해요. 가가와 제갈세가는 어느 날이든 상관없어요."

모용곽은 고개를 끄덕였다.

좋은 일이라면 좋은 일, 굳이 서로 기분이 상할 일을 만들

필요는 없다.

"둘째가 당가, 셋째가 제갈가. 누가 넷째가 될까?"

모용곽의 중얼거림에 모용휘의 안색이 굳어졌다.

"저와 린 동생의 허락이 없으면 그 누구도 넷째, 다섯째 가 될 수 없어요."

모용란의 조용한 목소리가 이어졌다.

"푸하하하하하하!"

한바탕 웃음 뒤.

"사천당가에 서찰을 보내거라. 당 가주를 뵈어야겠어."

"어디서 뵙자고 전하면 되겠습니까?"

"제갈세가에서 보는 게 좋을 듯싶어요."

모용란의 말에 모용곽이 고개를 끄덕이며 말을 이었다.

"그리 보내라."

"예, 아버지."


며칠 후.

사천당가 가주실.

"세 날짜를 보내왔다. 우리보고 고르라는구나."

가주 당한경이 모용곽에게서 온 서찰을 소가주 당림에게 내밀었다.

"뭐라고 온 것이냐?"

당림이 서찰을 받아 들며 모용란에게서 온 서찰을 읽는 당린린에게 물었다.

"아니에요. 곧 아시게 될 거예요."

당린린이 묘하게 웃으며 서찰을 접어 품으로 넣었다.

당림은 그런 당린린의 행동에 슬쩍 눈매를 가늘게 만들었지만, 개인적인 서찰인지라 다른 말을 더하지는 않았다.

"음?"

모용곽이 보낸 서찰을 고개를 주억거리며 읽던 당림은 고개를 갸웃거렸다.

제갈세가에서 보자고 서찰이 왔는데 날짜가 오늘인 것이었다.

"아마도 실수가 있었던 모양이야."

당한경의 말에 당림이 고개를 끄덕였다.

사천에서 제갈세가 본가가 있는 호북성은 옆 동네도 아니고, 금방 갈 수 있는 거리가 아니었다. 당연히 실수라 여긴 것이다.

"실수가 아니에요."

그때 당린린이 둘 사이에 끼어들었다.

"실수가 아니라니?"

"가가께서 처가에 주는 선물입니다."

"……?"

실수가 아니라 하고, 앞뒤 다 자른 선물은 또 무언가? 당한경과 당림은 당린린의 말을 알아들을 수 없었다.

"오늘 점심이나 먹으며 이야기를 나누자고 하지 않았나요?"

"……그렇구나."

당림이 의아한 표정으로 고개를 끄덕였다.

"슬슬 점심 먹을 시간이네요."

당린린이 손바닥을 탁 치며 자리에서 일어났다.

"……?"

"뭐 하세요. 점심 먹으러 가야죠."

"혹시 독공을 익히다가 주화입마에라도 빠진 것이냐?"

당림의 말.

"일단 일어나요. 어서요."

눈에 넣어도 아프지 않을 늦둥이 딸에다가 딸 같은 여동생.

그런 당린린의 재촉에 당한경과 당림은 일단 자리에서 일어났다. 그리고 당린린의 손짓에 그녀 곁으로 다가섰다.

"가가께서 가지신 힘 중 일부일 뿐이에요."

"……?"

당린린은 여전히 이해하지 못하고 의아한 눈을 하고 있는 둘을 향해 방긋 웃으며 품에서 한 장의 양피지를 꺼냈다.

"막내는 맛있는 밥을 차려 놨으려나?"

부우욱!

그러고는 양피지를 찢어 버렸다.

파악—!

밝은 빛무리가 양피지에서 폭사되었고, 그 빛은 한순간 셋을 휘감았다. 그리고 그 빛이 사라졌을 때 그들의 모습은 없었다.


제갈세가 가주실 뒷마당.

아늑하고 자그마하던 정원.

녹음이 지던 나무 대신 높은 벽이 쳐졌고, 아름다운 꽃이 피어 있던 땅에는 대리석이 들어서 있었다. 그리고 그 대리석 위에는 기하학적 무늬가 새겨져 있었다.

대리석 중앙.

처음 보는 푸른 보석 하나가 박혀 있었다.

그 보석에서 빛이 뿜어져 나오더니 한순간 대리석 위 공간을 집어삼켰다. 그리고 그 빛이 사라지자 당린린을 비롯한 당한경과 당림이 서 있었다.

당한경과 당림은 약간 어지러운 듯 고개를 저으며 주위를 살폈다.

"어서 오십시오."

제갈지소가 대리석 위 단으로 걸음을 옮겨 포권을 취했다.

"오랜만이구나."

당한경이 얼떨결에 인사를 받은 후 주위를 둘러보았다.

그리고 그녀 뒤에 서 있는 모용란과 모용곽, 그리고 모용휘를 바라보며 습관처럼 포권을 취했다. 그 포권에 역시나 습관처럼 포권을 취한 모용곽이었다.

하지만 둘, 아니 제갈지소와 당린린, 모용란을 제외하고는 모두가 어리둥절한 표정을 짓고 있었다.

"이게 어찌 된 일이냐? 아니, 여기는 어디고?"

"제갈세가 본가 가주실 뒤 터입니다."

"제갈세가?"

당한경이 눈매를 찌푸리며 되물었다.

조금 전까지 본인의 가주실에 있었다. 잠시 눈 한 번 감았다가 떴다고 제갈세가에 있을 수는 없다.

당한경은 찌푸려진 눈으로 제갈지소를 보다 고개를 돌려 모용곽을 쳐다보았다. 역시나 어리둥절한 표정을 짓고 있는 모용곽이었다.

"일단 안으로 드시지요."

제갈지소의 말에 일행은 제갈세가 가주실로 들어섰다.

"흠!"

몇 차례 제갈세가 가주실에 방문한 적이 있었다. 그리고 기억이 맞는다면 분명 이곳은 제갈세가의 가주실이 틀림없다.

"앉으시지요."

제갈지소의 말에 일단 모두가 커다란 원탁에 자리를 잡고 앉았다.

"두 가주분께서 궁금하신 모양입니다."

"그러네."

"노부를 놀리는 것은 아닐 테고."

모용곽과 당한경의 말이 이어졌다.

"두 가주 모두 각각 본가에서 오신 것도, 이곳이 제갈세가 본가 가주실인 것도 맞습니다."

제갈지소는 손수 차를 우려 그들에게 나눠 주었다.

"하지만."

"가가의 알려지지 않은 힘이에요."

당린린이 불쑥 끼어들었다.

"……?"

"정확히는 가가의 수하의 힘이지만."

당린린이 뿌듯함을 느끼는지 턱을 살짝 들어 올렸다.

"가가의 수하 중에. 쉽게 설명하자면 서방의 도술가가 있어요. 도술의 힘이라 생각하시면 됩니다."

제갈지소가 좀 더 편히 이해시키기 위해 풀어 설명했다.

"허어."

당한경이 나직이 감탄을 터트렸다.

"경험했으니 안 믿을 수도 없고. 믿자니 스스로가 못 미더우니."

모용곽의 반응도 별반 다르지 않았다.

"가가께서 주신 선물은 이게 전부가 아닙니다."

조용히 자리하고 있던 모용란이 입을 열었다.

"사천당가, 제갈세가, 그리고 모용세가."

당연히 그녀에게로 모든 시선이 쏠렸다.

"세 가문을 잇는 진법이 설치될 겁니다."

뜻밖에 두 가주의 표정은 좋지 않았다.

당연한 반응이다.

"생각처럼 가고 싶다고 가고, 오고 싶다고 올 수 있지는 않습니다. 서로의 진법이 호응해야만 서로 이동할 수 있으니 그런 걱정은 하지 않으셔도 됩니다. 중요한 건 우리의 화합입니다."

"그렇다면 다행이군."

당한경의 말에 모용곽이 고개를 끄덕였다.

"그 부분은 차후에 논의를 하고."

제갈지소가 말을 건네받았다.

"란 언니의 말처럼 중요한 것은 세 가문의 화합입니다. 그 말은 오대세가에서 우리가 중심이 된다는 것입니다."

모용세가도 변방이오, 사천당가도 변방이라면 변방이었다. 그렇다 보니 자연스레 남궁세가와 황보세가보다 위세가 약했다.

하지만 이제는 다르다.

항상 오대세가의 수좌 자리를 자처하던 남궁세가, 그 자리를 호시탐탐 노리던 황보세가.

당연하게 받아들이던 암묵적 질서를 뒤엎는 것이다.

"남궁세가가 앉던 자리를 원하는 건 아니고?"

당한경.

사천당문과 모용세가의 가장 큰 약점은 지리적 위치인 만큼 세 가문의 회합으로 기존 질서를 흔든다 쳐도 사천당문이나 모용세가 중 한 곳이 중심이 될 수 없다.

당연히 제갈세가가 그 자리를 하게 될 것이다.

그리고 서서히 그 자리를 공고하게 만든다면.

"제갈세가는 시조에서 소녀에 이르기까지 단 한 번도 앞에 선 적이 없습니다."

제갈지소는 당한경과 모용곽의 얼굴을 차례로 쳐다보며 딱 부러진 목소리로 말했다.

"제갈세가도 중심에 서겠지만 어디까지나 조율, 그 이상은 욕심내지 않을 것입니다."

"믿지."

당한경이 고개를 끄덕였다.

"네 속이 다를지라도 속아 주지. 재미있을 상황이니."

모용곽이 시원한 웃음을 지었다.

"이왕이면 혼례를 간소하게 했으면 합니다."

제갈지소였다.

"간소하게?"

당한경이 미간을 슬쩍 찌푸렸다.

"하객은 가까운 친인척들 정도만 초대할 겁니다."

"푸하하하하!"

모용곽의 커다란 웃음이 터져 나왔다.

"남궁세가와 황보세가가 똥줄이 타겠군."

"크하하하!"

그 말에 의미를 알아차린 당한경도 웃음을 터트렸다.

"네가 우리 식구가 된 것이 참으로 다행이로구나. 지패의 이름이 허명이 아니로다."

그 칭찬에 제갈지소는 조용히 미소를 지었다.

"아직 나눌 이야기가 많으니 식사부터 하는 건 어떠신지 요?"

점심시간에 맞춰 왔는데 어쩌다 보니 이야기가 길어져 버렸다.

"그래. 다 먹고 살자고 하는 짓인데 먹어야지. 푸짐하게
한 상 차려놨겠지?"

서로 말은 안 하고 있었지만 다들 허기가 돈 모양이었다.

제갈지소는 기다렸다는 듯 시녀를 불러 화려하고도 푸짐
한 상을 차렸다.

세 가문의 화합 후 남궁세가와 황보세가로 전서구가 날
아올랐다.

각 가문의 여식이 혼례를 치른다는 내용이었다.

그러나 한 명의 사위와 각각 가문의 여식이 셋이 한날한
시에 혼례를 치르기로 하여 남사스러움에 차마 초대는 하지
못하며, 축하는 마음으로만 받겠으니 양해를 부탁한다는 것
이었다.

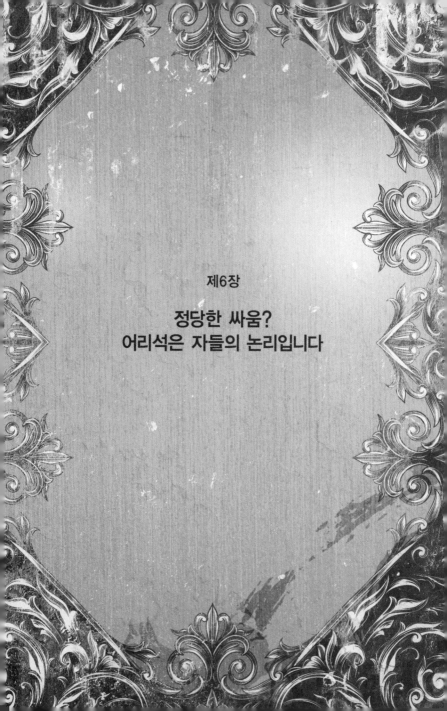

제6장

정당한 싸움?
어리석은 자들의 논리입니다

남궁세가 가주 남궁문결이 노기와 쓸쓸함이 섞인 눈으로 붉은색 서찰을 내려다보고 있었다. 붉은 서찰은 다름 아닌 사천당문, 모용세가, 제갈세가 공동 이름으로 보내온 청첩장 아닌 청첩장이었다.

세 가문의 여식이 혼인한단다.

그건 별로 문제가 될 거 없다.

문제는 세 가문의 여식이 한 사내와 결혼을 한다는 것이다.

가문의 결합이다.

오대세가에서 세 가문이 하나가 된다는 뜻이다.

그런 혼례에 초대를 한다는 것도 아니오, 그냥 혼례를 치르겠다는 통보만을 해 온 것이다.

이건 명백한 도전이자 우롱이다.

"빠드득."

이가 갈리는 소리에 남궁문결은 고개를 들어 남궁세가 제일의 무력 단체인 제검단을 맡고 있는 아우, 남궁무결을 쳐다보았다.

남궁무결은 온몸으로 노기를 표출하고 있었다.

"무결아. 마음을 가라앉히거라."

"그렇지만 치밀어 오르는 화가 쉽사리 가라앉지 않습니다."

"이럴 때일수록 냉정해져야지."

남궁문결의 말에 남궁무결은 애써 표정을 푸는 모습이 역력했다.

"이 형은 네가 있어 든든하구나."

남궁무결이 그제야 희미한 미소를 지었다.

"좋은 방도가 있는지요?"

"얼핏 두어 가지 방도가 떠오른다만."

남궁문결은 말끝을 흐렸다.

남궁문결, 그리고 남궁무결.

현재 남궁세가를 이끌어 가는 두 형제의 이름이었다. 그리고 서로의 이름처럼 두 형제는 살아온 길이 판이했다.

남궁세가를 반석에 올린 검성 남궁기의 뜻에 따라, 남궁
문결은 가문을 이끌어 갈 수 있는 경영학, 제왕학 등 문의
길을 걸었고, 남궁무결은 남궁세가의 또 다른 검이 되고자
혹독한 무의 길을 걸어왔다.

천재 아비에게서 태어난 범재 아들.

남궁문결과 남궁무결은 자신들의 위치를 어려서부터 잘
알았기에 서로 단점을 채워 주며 남궁세가를 위한 길을 함
께 묵묵히 걸어왔다.

"고민이 되는 방도입니까?"

"그렇지."

남궁문결은 고개를 끄덕이며 말을 이어갔다.

"뭐가 문제이길래 이리도 시끄러운 게냐?"

"아버지."

"……아버지."

남궁기가 가주실에 들어서자 남궁문결과 남궁무결은 깜
짝 놀라며 자리에서 일어났다.

은퇴 아닌 은퇴를 하며 두문불출하는 남궁기였다.

"세가에 무슨 일이라도 또 일어난 것이더냐?"

남궁기가 상석에 앉으며 물었다. 몇 달 전 남궁문결의 장
자이자 소가주인 남궁강이 비명횡사를 당했다. 흔수조차 찾

지 못한 터였다.

자리에 앉다 탁자 위에 펼쳐진 붉은 청접장을 본 남궁기는 미간을 찌푸렸다.

"허허."

불쾌한 웃음.

"소자가 불민하여……."

남궁문결은 고개를 떨구었다.

"어찌 네 잘못이겠느냐? 고개를 들어라."

그러고는 무심한 눈으로 청접장을 다시 내려다보았다.

"그래, 어떤 방도를 생각하고 있느냐?"

"당장 떠오른 건 두 가지 방도입니다."

"말해 보거라."

"첫 번째는 황보세가와 정략적 결혼을 통해 세 가문에 대항하는 것입니다."

"두 번째는?"

"세 가문의 결혼 동맹에 본가도 끼어드는 것입니다."

남궁문결의 말에 남궁기의 눈가에 주름이 그려졌다.

"다른 방도는 없고?"

"힘으로 찍어 누르려 해도 그럴듯한 명분이 없습니다."

"흠."

남궁기는 신음을 흘렸다.

남궁문결의 말대로 쉽지 않은 일이다. 그렇다고 손을 놓을 수도 없는 일.

　　"가주님. 총관입니다."

　　"들라."

　　총관이 안으로 들어왔다.

　　"어떻게 좀 알아보았는가?"

　　"급한 대로 알아보았습니다."

　　"일러보게."

　　"이름은 야현. 무림인은 아니옵고, 정이품 황명비호특무도어사직을 위임하고 있는 관인입니다. 황명비호특무도어사직이라는 것은 황제의 명만 따르는 특별직으로 관부 쪽에 알아본바 황제의 신임이 매우 두터운 자라고 하옵니다."

　　"나이는?"

　　"정확한 나이는 알 수 없으나 스물 중반쯤 되었다고 하옵니다."

　　"그리고?"

　　"거주하는 곳은 북경 내 진경 지구라고 하옵고. 그 외에 알아낸 것은 없습니다."

　　"알았네. 수고했어."

　　총관이 나가고.

　　"관인이라, 관인이라……."

남궁기가 중얼거렸다.

"뜻하지 않은 인물이로구나."

잠시의 침묵이 흘렀다.

생각을 마친 남궁기가 남궁문결을 쳐다보았다. 그도 생각을 마친 눈치였다.

"어떻게 하면 좋겠느냐?"

"일단 아버지께서 그를 만나 보시는 것은 어떻겠습니까?"

"그자를?"

"현재 이 결혼이 우연의 산물인지, 아니면 의도된 산물인지. 또 그가 어떤 생각을 가진 자인지 일단 알아보는 것이 좋을 듯합니다."

"오랜만에 바깥 공기 좀 마시게 되었구나."

남궁기도 비슷한 생각을 한 듯 별다른 이견 없이 자리에서 일어났다.

\*　　　\*　　　\*

"남궁 전대 가주가 남궁세가를 떠났습니다."

월영이 보고했다.

"전대 가주?"

"그렇습니다."

"은퇴했다고 하지 않았나?"

"가주직을 현 가주에게 넘겨주었으나 금분세수(金盆洗手)를 하지는 않았습니다. 즉, 언제라도 강호에 출도할 수 있다는 의미이기도 합니다."

"그가 은거를 깨고 나온 이유는?"

"주군을 만나기 위함입니다."

월영의 딱 부러지는 대답에 야현의 입가에 미소가 그려졌다.

독고결과 갈위가 화이트 기사단의 힘을 빌려 살문을 일통한 후 내부적으로 안정을 찾자 하오문이 기다렸다는 듯이 웅크렸던 몸을 활짝 폈다. 아니, 오히려 공격적으로 세를 확장시켜 나가고 있었다.

"황보세가는?"

"당혹해하고 있지만, 남궁세가와 달리 어떠한 대책을 내놓지 못하고 있습니다."

"참으로 재미있단 말이야."

야현은 히죽 웃음을 지었다.

"흑사에게 맡긴 일이니 어련히 잘 풀어 갈까. 동태만 잘 살펴."

"예, 주군."

"그리고 마교 쪽은?"

"감숙과 청해, 신강에 하오문 지부가 빠르게 복구되고 있습니다."

"마풍각도 알겠지?"

"지금쯤 알고 있을 겁니다."

"백월단과 적랑단, 그리고 마법단을 준비시켜. 마풍각과 부딪치는 순간 단숨에 쓸어버릴 수 있게."

"명!"

월영과 함께 자리하고 있던 흑오가 복명했다.

"그리고 오늘이지? 백문대전."

야현의 물음.

"지금쯤 개전되었을 겁니다."

흑오가 대답했다.


\*        \*        \*


마풍각주 곡사무가 집무실 안을 서성이다가 벽에 걸린 마교의 영역이 그려진 지도를 쳐다보았다. 그중에서도 신강에 표시된 붉은 점들이 눈에 들어왔다.

하오문의 지부들이었다.

하루가 멀다고 새롭게 늘어나는 점들.

눈가를 찌푸리고 있던 곡사무의 입가에 쓴웃음이 지어졌

다.

"너무 신중했었어."

평소 보이지 않던 차가움이 눈동자에 담겼다.

"하오문 따위가 본교를 어쭙잖게 볼 줄은 몰랐군."

"부르셨습니까?"

그때 백마대주 마검자가 안으로 들어왔다.

"왔는가?"

곡사무는 다시 사람 좋은 웃음을 띠며 그를 탁자로 안내했다.

"차라도 한잔 하겠나?"

곡사무는 마검자의 대답도 듣지 않고 차를 준비해 내왔다.

"저기 붉은 점들 보이지?"

"그렇습니다."

"하오문 지부들이야."

"의외로 수가 많군요."

솔직히 마검자는 곡사무와 같은 책사가 아닌 순수한 마인이다. 그렇다 보니 정치나 세력 판도 같은 건 잘 모른다. 그냥 느낀 바를 그대로 말한 것이다.

"자네가 보기에도 그렇지?"

곡사무의 말에 마검자는 고개를 끄덕일 수밖에 없었다.

"요즘 이놈들이 겁을 잊은 모양일세."

그 말에 마검자의 눈매가 가늘어졌다.

"적당히 숨어서 눈치를 보면 나도 적당히 눈 감아 줄 텐데. 몸을 사리지 않는단 말이지."

"당한 게 있는데 적당히 숨는다고 봐준다는 생각은 아닌 듯싶습니다."

"그 말도 맞네."

곡사무는 옅은 웃음을 지으며 말을 이어갔다.

"자네가 하오문 몇 개만 정리해 줘."

"몇이나 지우면 되겠습니까?"

"생각 같아서는 백마대가 오십이니 다섯으로 나눠 일단 신강에 있는 것부터 정리를 하고 싶은데……."

마검자의 눈두덩이 꿈틀거렸다.

"하오문의 꼬리가 안 잡혀."

마검자의 경직된 표정을 보며 곡사무가 피식 웃음을 터트렸다.

"위험할 수도 있어. 그래서 자네를 부른 것이고."

"그래도 유쾌하지는 않습니다."

"그런가? 그래도 이해해 주게. 자네나 백마대의 체면도 있으니 둘로 나눠 일단 두 지부부터 정리를 해 보게."

"깡그리 지워 버리겠습니다."

"아, 아! 아니야. 그러면 안 돼."

곡사무가 그럴 줄 알았다는 듯 검지를 저었다.

"수뇌는 살려서 데리고 와야 해. 알아볼 수 있는 건 알아봐야 하니."

"그리하겠습니다."

"차 식네. 마시게."

이야기를 마친 곡사무는 반쯤 식은 찻잔을 들었다.

\* \* \*

땡땡땡.

나른한 오후.

다급한 종소리가 야풍장에 울려 퍼졌다.

야현은 자리에서 일어나 장주실을 나갔다. 때를 맞춰 흑오가 빠르게 달려와 보고를 올렸다.

"신강에 위치한 하오문 두 지부에서 특급 경계령인 적색 신호가 왔습니다."

서방에서 마탑의 마법 병단 소속 흑마법사들이 대거 파견되어 왔다.

통신구를 이용한 통신.

무림에서는 상상조차 할 수 없는 연락 체계였다.

그리고 또 하나.

야풍장과 지부를 잇는 워프 게이트 진.

야현은 흑오와 함께 야풍장 장주실 좌측에 만들어 놓은 대연무장으로 향했다.

용도야 대연무장이지만 세간에 노출된 야현의 신분이 관인인지라 드러내 놓고 연무장으로 꾸미지는 않고, 형식적으로 나무 몇 그루를 심어 놓고 땅을 편편하게 다져 무늬만 정원인 곳이었다.

밝아야 할 대연무장은 어두운 검은 안개로 가득 차 있었다.

빛 아래에서 살아갈 수 없는 뱀파이어를 위한 전용 흑마법인 블랙 클라우드 마법에 의한 검은 안개였다.

화이트 기사단, 백월단 전원이 진혈이면 좋겠지만 사실상 뱀파이어 일족에서 진혈은 지극히 소수였다. 그렇기 때문에 어쩔 수 없이 대낮에 전투를 치러야 할 때에 흑마법사의 도움을 받는 것이었다.

아니나 다를까.

검은 안개의 경계에 흑마법사들이 서 있었다.

"우히히히히!"

그 선두에 카이만이 서 있었고,

"충!"

야현이 대연무장에 들어서자 코스카 부단장이 검은 안개에서 나와 군례를 취했다. 그리고 그 옆으로 독고결과 갈위가 살수들과 함께 자리하고 있었다.

"공격받는 지부는?"

"신원 지부와 고차 지부입니다."

흑오의 대답이었다.

"결, 그리고 위."

"예, 주군."

"하명하시옵소서."

"살수들이 나설 싸움이 아니다."

"그리하겠습니다."

언뜻 실망감이 둘의 얼굴에서 묻어 나왔지만 야현의 말이 틀린 것도 아니기에 그들은 뒤로 물러났다.

"카이만, 코스카."

"예, 주군."

"우히히히."

"둘은 신원 지부로 가라. 본인은 고차 지부로 가지."

그럴 줄 알았다는 듯 흑마법사 한 명과 기사 한 명이 앞으로 나섰다.

"마법 병단 일대장 래넌이라고 합니다."

"화이트 기사단 제3 기사단을 이끌고 있는 진혈의 하라스라고 하옵니다."

"새삼 인사할 필요는 없다."

이름은 기억하고 있지 않지만 새로운 얼굴들은 아니었다.

"가자, 피의 축제를 즐기러."

야현의 나직한 명령에.

"명!"

"명!"

짧은 복명 후.

"와아아아아!"

"우와아아아!"

우렁찬 함성이 울려 퍼졌다.

*        *        *

척박한 신강 신원에 홍루 하나가 들어섰다.

언제나 새로 들어서고 사라지는 그저 그런 하나의 홍루일 따름이었다.

싸구려 술에 분첩 냄새가 가득한 대낮의 홍루 거리는 한산하다. 그저 생업에 종사하는 몇몇 사람들만이 오갈 뿐이었다.

척척척!

그런 홍루 거리에 하얀 무복을 입은 사내들이 들어섰다.

"배, 백마대다."

신강은 대대로 마교의 땅이다.

신강에 거주하는 이들 대부분이 좋든 싫든 마교와 연관되어 살아간다. 교의 이름은 유지하고 있지만, 종교적 색채는 사라진 마교의 영향력이 신강에 뿌리 깊게 파고든 것이다.

백마대는 간판조차 달리지 않은 홍루 앞에 섰다.

"배, 백마대 고수분들께서 누추한 이곳에 어인……."

홍루의 주인들이 대부분 그렇듯이 후덕한 몸집을 가진 주인이 비굴한 표정으로 굽실거렸다.

"그대가 하오문 지부장인가?"

백마대주 마검자가 주인을 내려다보며 고저 없는 묵직한 목소리로 물었다.

"이거 참."

굽실거리던 주인이 뒷머리를 긁적이더니 허리를 쭉 폈다.

"그렇습니다. 백마대주님."

여전히 말을 높이고 있었지만 전처럼 비굴한 표정은 보이지 않았다.

"놀랍군."

마검자는 진심으로 놀라움을 표했다.

"명에 왔지만, 호기심이 이는군. 무엇이 이토록 하오문을 기고만장하게 만들었는지 말이야."

"그냥 모른 척 넘어가심이 어떠신지요?"

홍루 주인, 하오문 신강지문 신원지부장은 고개를 숙이며 담담히 말했다.

"모른 척 넘어가 달라?"

그의 말을 되읊은 마검자의 미간이 좁아졌다.

"크하하하하하!"

그러더니 이내 대소를 터트리며 검을 뽑아 지부장의 목에 들이밀었다.

"흠."

그러나 미약한 침음만 흘릴 뿐 하오문 지부장의 태도는 그다지 달라지지 않았다.

"무슨 배짱인지 정말 모르겠군."

마검자는 검으로 지부장의 어깨를 툭툭 쳤다.

쏴아아아아—

그때 음침한 바람이 홍루 거리에 불었다.

축축하다면 축축한 바람.

신강의 땅은 메말라 있다.

그렇기에 바람 또한 건조하다.

"……!"

스산함을 느낀 마검자가 흠칫거리며 뒤로 한 걸음 물러나며 거리를 쳐다보았다.

스으윽!

홍루 옆 공터에서 검은 안개가 뭉게뭉게 피어나더니 서서히 거리를 뒤덮기 시작했다.

'독?'

"모두 호흡을 멈춰라."

마검자는 뒤로 훌쩍 물러났다.

독은 아니었다.

검은 안개에 노출되었지만, 피부가 따끔거리지 않았다. 그리고 도로 가장자리에 핀 이름 없는 잡초 또한 변색되거나 시들지 않았다.

독은 아니라는 소리.

사위가 어두컴컴해졌지만, 범인들이라면 모를까 무인인 자신의 시야에 방해가 될 정도는 아니었다.

그저 밤처럼 어두워졌을 뿐이었다.

저벅, 저벅, 저벅!

검은 안개 속으로 다수의 발걸음 소리가 들려왔다.

그리고 서서히 드러나는 붉은 안광들.

마검자는 내력으로 안력을 높여 그들을 쳐다보았다.

'서른, 아니 마흔.'

무인으로 보이는 서른 명에 주술사로 보이는 열 명.

'기괴하다. 그리고……'

마검자가 화이트 기사단과 마법 병단의 낯선 복색에 미간을 찡그렸다. 낯선 복색만큼 그들의 머리카락도 형형색색이었다. 색목인들이다.

신강에서 색목인이 아주 낯선 이들은 아니었다. 마교에서도 색목인 출신의 마인이 소수지만 존재했으니까.

"흠."

마검자는 서둘러 자리를 피하는 지부장의 움직임을 느꼈지만 그다지 신경을 쓰지 않았다. 어차피 그들은 잔챙이다.

백마대가 받은 최우선의 명.

그건 하오문 뒤에 숨어 있는 그림자의 정체를 알아내는 것이다. 그리고 그 그림자가 모습을 드러낸 것이다.

"후후—."

마검자는 옅은 웃음을 토해내며 그들을 향해 몸을 돌렸다.

스르릉—

그 뒤로 백마대원들이 천천히 검을 뽑아 들고 있었다.

"그대가 하오문의 실세인가?"

마검자는 선두에서 걸어오는 사내, 화이트 기사단 제3 기사단장 하라스에게 물었다.

"본인입니다."

"……."

정작 대답은 바로 뒤에서 들려왔다.

눈이 화등잔만 하게 커진 마검자가 빠르게 몸을 회전시키며 검을 휘둘렀다.

쐐애액!

그러나 걸리는 것은 없었다.

"뭘 그리 놀라고 그러십니까?"

다시 등 뒤에서 들려온 목소리.

마검자는 입술을 지그시 깨물며 다시 몸을 틀었다.

그곳에 한 사내가 서 있었다.

바로 야현이었다.

"그대가 하오문의 실세인가?"

마검자는 야현을 노려보며 물었다.

"그게 그다지 중요한 일은 아닌 듯싶군요. 중요한 건 말이죠."

"……?"

"하오문의 포고문 내용입니다."

"……?"

마교가, 또 백마대가 하오문의 포고문 따위를 기억할 리 없었다.

"이런, 모르시는 모양이군요. 제법 소문을 낸다고 냈는데 아직 부족했던 모양입니다."

야현은 난처하다는 듯 손가락으로 뺨을 긁으며 말했다.

"다시 말해드리죠."

야현은 싱긋 웃으며 말을 이어갔다.

"하오문을 건드는 자, 그 누구든 죽는다."

마검자의 눈에 살기가 어렸다.

비단 그만이 아니라 백마대 전체가 일으킨 살기가 거리를 가득 채웠다.

"그 말을 실천할 시간입니다."

야현의 몸에서 살기가 폭사되었다.

그를 따라 화이트 기사단의 살기도 끓어올랐다.

"맛난 먹잇감이다."

야현의 나직한 말.

"크하아악!"

"크학!"

화이트 기사단은 시퍼런 송곳니를 드러내며 흉성을 터트렸다.

"죽여라."

야현의 명에 화이트 기사단은 일제히 백마대를 향해 신형을 날렸다.

"한 놈도 살려 두지 말라!"

마검자의 입에서도 명령이 떨어졌다.

파밧! 파바밧!

그 명이 떨어지기가 무섭게 백마대원들도 일제히 몸을 날렸다.

『래년.』

야현은 마검자를 향해 검을 겨누며 마법 병단 일대장을 매직 마우스로 은밀히 불렀다.

『예, 폐하.』

『독 깔아.』

검은 안개 속에 독 안개를 더하는 것은 아무 일도 아니었다.

뱀파이어는 독에 아무런 영향을 받지 않는다.

하지만 인간은 아니다.

정당한 싸움?

어리석은 자들의 논리다.

싸움에 정당함은 없다.

이기는 것이 정당함이다.

야현은 히죽 웃음을 지었다. 쉽게 갈 수 있는 싸움을 정당하니 어쩌니 하며 어렵게 갈 위인도 아니다.

『명!』

범인들의 귀에는 들리지 않으나 야현의 귀에는 흑마법사

들의 마법 시동어가 들려왔다. 마치 신나는 음악을 듣는 것처럼 야현은 기분 좋은 웃음을 지으며 마검자 앞으로 걸어 나갔다.

"네놈만은 살려, ……!"

마검자의 말이 뚝 끊기며 눈동자가 파르르 떨렸다. 어느새 검은 안개 속에 깔린 독 구름에 중독된 탓이다.

"으아아악!"

"크악!"

시간 차를 두고 여기저기서 비명이 터져 나왔다.

표정의 변화가 없던 마검자의 뺨이 심하게 요동쳤다. 분노를 이기지 못해서다.

그에 반해 야현은 보란 듯이 미소를 지었다.

새하얀 송곳니를 드러내며.

"비, 비겁한 놈이로구나."

말을 하는 마검자의 입가로 검은 핏물이 주르르 흘러내렸다.

"싸움에 비겁함이 어디 있습니까?"

야현은 마검자에게로 성큼 다가가 섰다.

"이놈!"

마검자는 입에서 핏물을 흩뿌리며 야현을 향해 검을 휘둘렀다.

쐐애애애액!

야현은 허리를 젖혀 마검자의 검을 피했다.

마검자는 야현의 허벅지를 발로 차 균형을 깨트리며 다시 검을 휘둘렀다.

서걱!

야현의 어깨가 베어졌다.

얼굴에 핏물이 튀었지만, 마검자는 아랑곳하지 않고 야현의 품으로 뛰어들었다.

'살이 아닌 뼈라도 내준다.'

마검자는 어느새 잦아드는 비명에 이를 악물었다.

극마지경의 마인이 아닌 이상에야, 아니 극마지경에 들어선 고수도 독에서 자유롭지는 않을 것이다.

마검자는 느꼈다.

단 몇 호흡 만에 몸이 독에 잠식당했다.

벌써부터 단전이 저릿저릿했다.

죽음을 떠올렸다.

그러나 죽더라도 그냥 죽을 수는 없다.

"크하압!"

마검자는 단전이 찢어지든 말든 모든 내력을 폭사시키며 검을 휘둘렀다.

서걱!

야현의 팔을 하나 베었다.

"컥!"

짧은 비명을 터트리는 야현.

"죽어랏!"

마검자는 그런 야현의 배에 검을 꽂아 넣었다.

"크흑!"

야현의 눈이 뒤집혔다. 그리고 이내 몸을 바르르 떨며 마검자의 어깨를 짚었다.

"저승길 동무로 나쁘지 않을 것이……!"

마검자는 독에 의해 죽은 피를 입가에 주르르 흘리면서도 승리의 기쁨을 감추지 않았다.

그러나.

"크크크크."

곧 숨이 넘어갈 듯 몸을 비틀던 야현이 이내 배를 잡고 키득키득 웃음을 터트리는 것이 아닌가.

웃을 수 있는 상황이 아니다.

팔 하나가 잘렸고, 배에 주먹보다 큰 구멍이 났다.

"헙!"

마검자의 눈이 부릅떠졌다.

믿을 수 없는 광경이 펼쳐지고 있었다.

잘린 팔이 허공에 떠오르더니 다시 야현의 몸과 결합되는 것이 아닌가.

"장난은 여기까지."

야현은 마검자의 어깨를 움켜잡았다.

"크윽!"

그 힘이 어찌나 강한지 야현의 손가락이 마검자의 피부를 뚫고 들어갈 정도였다.

콰직!

야현은 그대로 마검자의 목을 물어 버렸다.

"으아아악!"

지독한 고통이 마검자의 삶의 마지막 기억이었다.

제7장

주인이 바뀌면
그 조직도 바뀌는 법이지요

어둠이 내려앉은 밤.

햇불이 들어선 마풍각 연무장에 백마대원의 시신들이 열을 맞춰 누워 있었다. 마풍각주는 이글거리는 눈으로 백마대원들의 시신을 내려다보고 있었다. 하나같이 피골이 상접해 마치 무덤에서 꺼낸 목내이들을 보는 듯했다. 만약 가슴에 수가 놓인 백마(白魔)라는 글자가 아니었으면 알아볼 수 없을 정도였다.

곡사무의 눈썹이 파르르 떨렸다.

죽을 때 얼마나 고통이 심했던지 얼굴들이 하나같이 흉측하게 일그러져 있었다.

"정말 그대가 맞는가?"

곡사무는 마검자의 시신 앞에 한쪽 무릎을 꿇고 앉았다. 마검자는 고통도 고통이지만 두 눈을 부릅뜨고 있었다.

"눈도 감지 못할 정도였는가?"

곡사무는 마검자의 눈을 감겨 주었다.

"그대와 이리 헤어지게 될 줄은 몰랐네."

애잔한 눈으로 마검자의 얼굴을 내려다보던 곡사무가 고개를 들어 하늘을 한참이나 올려다보았다. 그렇게 얼마의 시간이 흘렀을까, 곡사무는 자리에서 일어났다.

"모든 역량을 동원해 신강의 땅에 존재하는 하오문을 지워 버리겠다!"

곡사무의 눈은 야차처럼 번뜩거렸다.

"과연 그럴 시간이 있을까요?"

등 뒤에서 낯선 목소리와 함께 누군가의 손이 어깨에 올려졌다.

순간 흠칫한 곡사무는 단숨에 거리를 벌렸다.

"호오―, 전해 듣기로 마풍각주는 무공을 익히지 않았다고 했는데. 마인은 마인인 모양이군요."

반 장가량 거리를 벌린 곡사무는 하얀 무복을 입은 사내를 쳐다보았다.

"누구시온지?"

"이런, 결례를 저질렀군요."

사내는 정중하게 포권을 취하며 자신을 소개했다.

"인사가 늦었습니다. 야현이라고 합니다."

"야현?"

곡사무는 그 이름을 중얼거리며 고개를 갸웃거렸다. 기억 속에 없는 이름이었다.

"이런, 인사가 틀렸군요."

야현은 포권을 취하며 다시 자신을 소개했다.

"하오문의 주인입니다."

곡사무의 미간이 일그러짐과 동시에.

챙! 차자장!

연무장을 가득 채우고 있던 마인들, 마풍각 무력 단체인 청마대와 적마대의 검들이 일제히 뽑혔다.

"하하, 크하하하하!"

곡사무는 어이없다는 듯한 웃음을 지었다가 이내 대소를 터트렸다.

"예상 밖이라 뭐라고 해야 할지 모르겠지만."

곡사무는 한 걸음 앞으로 다가서며 말을 이었다.

"그래도 덕분에 귀찮음은 줄일 수 있게 되었군요."

곡사무의 말에 청마대와 적마대가 야현을 크게 둘러쌌다.

"이런. 본인이 홀로 왔을 거라 생각하십니까?"

"······!"

스으윽!

미세한 파음.

아니, 파음들.

곡사무는 눈매를 딱딱하게 굳히며 빠르게 주위를 둘러보았다.

연무장을 두른 담벼락 위로 수십, 수백의 번뜩이는 붉은 안광들이 모습을 드러냈다.

휘이잉—

그리고 때마침 불어온 바람 한 줄기.

'혈향!'

비릿한 피 냄새를 몰고 온 것이다.

그저 감각적으로 느껴지는 피 냄새가 아닌 진짜 피 냄새.

곡사무는 입술을 지그시 깨물었다.

고요하다.

너무나도 고용하다.

아무리 적막이 흐르는 곳이라도, 사람들의 숨소리, 발걸음 소리 등, 어쩔 수 없는 최소한의 잡음은 있다. 그런데 그러한 잡음이 들리지 않았다.

"후후."

그때 야현의 나직한 웃음소리가 귓가에 파고들었다.

딱!

마풍각 앞 석단을 뚫고 해골들이 삐죽 솟아나기 시작했다. 마치 나무들이 빠르게 자라나는 것처럼 솟아오르던 해골들은 서로 뒤엉켜 하나의 거대한 의자를 만들었다.

그 모습은 기괴하지만, 한편으로 웅장하기도 하여 마치 하나의 옥좌처럼 보일 정도였다.

야현은 그 해골로 만들어진 옥좌에 느긋하게 앉으며 다리를 꼬았다.

그러고는 여유로운 미소를 지었다.

"뭐 하나?"

야현이 곡사무에게서 시선을 거두며 말했다.

"우히히히히!"

대답처럼 들린 카이만의 괴소.

모든 시선이 그 웃음의 진원지인 마풍각 지붕 위로 향했다. 검은 로브를 입은 카이만이 쇳소리 섞인 목소리를 터트렸다.

"뭣들 하냐? 시작하랍신다!"

쿵!

그 명에 지붕과 담벼락 위에 포진하고 있던 흑마법사들이 일제히 마법 지팡이를 내려찍었다.

후웅— 쏴아아아!

마나의 파장이 마풍각 내 연무장을 휘감았다.

'……?'

어마어마한 기의 파동.

불길함을 느낀 곡사무가 흔들리는 눈으로 주위를 살피다 야현과 눈이 마주쳤다.

"재미있을 겁니다."

비록 목소리는 들리지 않았지만 입 모양만으로 충분히 알아들을 수 있었다.

서걱!

"으아악!"

느닷없이 살이 갈라지는 소리와 함께 비명이 터져 나왔다.

자신들을 에워싸고 있는 적들 중 그 누구도 움직이지 않았다.

그런데 단말마라니.

곡사무는 이해할 수 없었다.

"크아악!"

다시 이어진 비명.

"……!"

동시에 곡사무의 눈이 부릅떠졌다.

"가, 강시."

죽은 백마대원들이 자리에서 일어나 청마대와 적마대를 향해 닥치는 대로 검을 휘두르고 있었던 것이다.

그 모습도 무척 해괴했다.

하나같이 머리를 옆구리에 끼고 검을 휘두르고 있었다.

머리 잘린 기사, 듀라한.

백마대원들은 흑마법사들의 손에 의해 듀라한으로 새로이 태어난 것이었다.

"당황하지 마라."

"이지를 상실한 강시일 뿐이다! 베라!"

비록 외단의 무력 단체라고는 하지만 마교는 마교, 마인은 마인.

청마대주와 적마대주는 빠르게 상황을 수습하고 있었다.

그 명에 대원들의 움직임도 달라졌다.

동료였지만 이제는 적.

그들의 망설임은 짧게 끝났다.

청마대와 적마대 대원들은 대주의 명에 따라 백마대 강시, 듀라한들을 상대로 착실하게 막아 나가기 시작했다.

쿵!

다시 이어진 마나의 파동.

『키키키키키!』

『키히히히히!』

연무장 가장자리의 땅들이 헤집어지며 칼과 방패를 든 해골들이 모습을 드러내기 시작했다.

스켈레톤들이다.

문제는 그 수.

족히 수백은 되어 보일 정도로 엄청난 숫자였다.

『키하아아아아!』

『히하아아아!』

수백의 스켈레톤들은 일제히 몸을 떨며 괴성을 터트리고는 밀물처럼 청마대와 적마대를 덮쳐 나갔다.

퍼석!

스켈레톤들은 적마대와 청마대의 칼질에 단숨에 부서져 나갔다.

하지만 스켈레톤의 무서움은 불사에 있었다.

부서지고 또 부서져도 스켈레톤들은 다시 복구되며 악착같이 달려들었다. 오로지 앞으로 전진하며 칼을 휘두르는 것만이 귀령의 한인 듯 몰아치고, 또 몰아쳤다.

"젠장!"

묵묵히 검을 휘두르던 누군가의 입에서 거친 욕지거리가 튀어나왔다.

베어도 끝이 보이지 않는다.

부서트려도 다시 일어나는 스켈레톤들의 모습에 질려버

린 것이다.

스켈레톤만 상대하고 있다면 그다지 상관없다.

문제는 외곽을 둘러싼 스켈레톤들이 아니라 내부에서 날뛰는 듀라한들이었다.

스켈레톤들처럼 어쭙잖은 적이 아니다.

그들은 생전의 백마대의 무력을 고스란히 지니고 있었다. 아니, 그보다 강했다.

강기가 아니면 베어지지 않는 피부.

강기에도 흠집 하나 나지 않는 방패, 머리통.

거기에 잘려도 다시 복구되는 육체.

마공을 익힌 마인도 인간이다.

수십 년의 내공을 가졌다 해도 결국은 인간이다.

"헉헉헉!"

인간이기에 끝없는 싸움 속에서 지쳐갈 수밖에 없었다.

문제는 이 싸움이 본격적으로 시작도 되지 않았다는 것이다. 본 전력인 붉은 안광을 뿌려대는 이들이 여전히 팔짱을 낀 채 싸움을 지켜보고 있었다.

"카이만."

야현은 전장에서 자신과 눈을 마주하고 있는 곡사무를 보며 그를 불렀다.

"예, 주군."

"볼 만한 것은 다 본 듯하니 슬슬 정리해."

"우히히히!"

쿠웅! 쏴아아아—

카이만이 지팡이를 다시 찍었다. 이번에 울린 마나의 파장은 조금 전과는 차원이 다를 정도로 무거웠다.

'……!'

"……!"

두 대주의 눈이 동시에 마풍각 지붕 위, 카이만에게로 향했다.

그때 전장 한가운데에서 검은빛이 폭사되었다. 그 빛이 터져 나온 곳은 유일하게 일어서지 않던 백마대주, 마검자의 시신이었다.

그드득!

마검자의 감겼던 눈이 다시 번쩍 떠졌고, 중력을 거스르는 듯 그의 신형은 허공으로 떠올라 자리에 섰다.

허공으로 치솟았던 검은빛이 이번에는 땅으로 스며들었다. 그러자 땅에서 육중해 보이는 검은 갑옷이 튀어 올라 마검자의 몸에 덮이듯 입혀졌다.

그리고 그가 생전에 사용하던 직검(直劍)이 손에 쥐어졌다.

단지 달라진 것이 있다면 본래의 수수한 모양이 아닌 온

통 검은빛을 띤 흑검이 되었다는 것이다.

*       *       *

　다크 나이트!

"크하아악!"

　살기 짙은 포효를 터트리며 다크 나이트 마검자가 직검을 들어 올렸다. 그리고 이내 또렷한 검은 안광을 뿜어내며 검을 휘둘렀다.

　서걱!

　비명조차 없었다.

　다크 나이트 마검자의 직검은 청마대 무인을 단칼에 반으로 양단시켜 버린 것이다.

"크하핫!"

　그 일살(一殺)은 시작일 뿐이었다.

　다크 나이트 마검자는 압도적인 힘으로 적마대와 청마대의 무인들을 베어 갔다.

　캉!

　일방적인 학살이 되어가려는 시점, 한 자루 도가 다크 나이트 마검자의 직검을 막았다.

"큭!"

청마대주였다.

그러나 그는 곧 힘에 밀려 미약한 신음을 삼키며 뒤로 밀려났다.

"크흐으!"

다크 나이트 마검자는 짐승의 울음을 터트리고는 청마대주를 쳐다보며 다시 직검을 들어 올렸다.

쐐애애액—

그 순간, 한 자루 검이 다크 나이트 마검자의 등을 베어왔다.

적마대주였다.

청마대주가 다크 나이트 마검자의 시선을 끄는 동안 적마대주가 후미를 노렸던 것이다.

캉!

적마대주의 검과 다크 나이트 마검자의 갑옷 사이에서 날카로운 쇳소리가 터져 나왔다. 그래도 충격이 있었는지 다크 나이트 마검자의 신형이 잠시 휘청거렸다.

일격을 내줬음에도 불구하고 다크 나이트 마검자는 청마대주를 향한 걸음을 멈추지 않았다. 뒤가 신경 쓰일 법도 하건만 다크 나이트 마검자는 오로지 청마대주를 주시하며 직검을 휘둘렀다.

쐐애애애액!

"큭!"

청마대주는 입술을 깨물며 빠르게 도를 들어 다크 나이트 마검자의 직검을 막았다.

쾅!

충격에 청마대주는 뒤로 밀려 나갔고, 다크 나이트 마검자는 그런 그를 압박해 나갔다.

서걱!

그와 동시에 적마대주가 다크 나이트 마검자의 종아리를 베었다.

하지만 달라진 것은 없었다.

고통도 느끼지 못하는 듯 다크 나이트 마검자는 휘청이는 걸음을 바로잡으며 여전히 청마대주를 향해 직검을 휘둘렀다.

청마대주는 일단 거리를 벌리기 위해 뒤로 몸을 날렸다.

"……!"

턱!

하지만 그는 그의 바람처럼 뒤로 물러나지 못했다.

"큭!"

붉은 안광을 뿌려대는 한 사내, 화이트 기사단 제2 기사단장, 포르툼이었다. 포르툼이 그의 뒷목을 움켜잡은 것이다. 청마대주는 그 손에서 벗어나기 위해 몸부림쳤지만 포르툼의 악력을 이겨내지 못했다.

콱!

포르툼은 청마대주의 목을 강제로 꺾은 뒤 단숨에 물어 버렸다.

"크아아악!"

터져 나온 비명.

청마대주의 비명이 아닌 적마대주의 비명이었다.

다크나이트 마검자의 후미를 노리던 적마대주는 어느새 화이트 기사단 제3 기사단장인 하라스에게 물려 피가 빨리고 있었다.

"제이 단은 푸른 무복을, 제삼 단은 붉은 무복을 입은 자들을 삼켜라!"

"크하앗!"

"크하아악!"

코스카의 명에 화이트 기사단 , 제2 기사단과 제3 기사단 뱀파이어 기사들이 일제히 포효하며 전장으로 날아들었다. 반면 제1 기사단 소속 기사들은 여전히 팔짱을 낀 채 전장을 포위하고 있었다.


'어디서 이런 세력이.'

참담함에 곡사무는 눈을 감았다.

그리고 다시 뜨며 야현을 올려다보았다.

묻고 싶었다.

진정 하오문이 맞느냐고?

그 물음을 느낀 탓일까, 야현은 곡사무를 향해 손을 뻗었다.

"⋯⋯!"

곡사무의 몸이 야현에게로 끌려가다 이내 멈췄다. 내력을 끌어올려 천근추 수법으로 야현의 염력에 저항한 것이다.

"쯧, 쓸데없는 짓을."

야현은 짜증스러운 표정을 지으며 곡사무의 얼굴을 쳐다보았다.

화르르륵!

그 시선 끝에 위치한 곡사무의 얼굴 앞에서 불덩이가 터졌다.

"헙!"

곡사무는 헛바람을 들이마시며 양팔을 휘둘러 얼굴을 보호했다.

푹!

그 순간을 놓치지 않고 바늘처럼 가는 바람 한 줄기가 송곳처럼 회전하며 곡사무의 배를 파고들었다.

쩌정!

그리고 곡사무의 귀에 그릇이 깨어지는 듯한 파음이 들리고, 곧이어 엄청난 충격이 그의 몸을 타고 흘렀다.

"푸학!"

곡사무는 단전이 깨어지며 역행하는 기의 흐름을 이기지 못하고 피를 토했다. 충격에 휘청거리는 곡사무의 몸은 단숨에 야현 앞으로 끌려갔다.

"죽기 전에 의문 하나 정도는 풀어 주지요."

"진정 내가 보고 있는 것이 하오문이 맞소?"

"맞습니다."

"끄으으! ……내가 아는 하오문과는 너무 다르오."

"주인이 바뀌면 그 조직도 바뀌는 법이지요."

"그렇구려. 당신이었군."

"후후후."

퍼석!

허공에 떠 있는 곡사무의 머리가 그대로 터져 나갔다.

*     *     *

마교 내단, 마풍전(魔風殿).

백의 무복을 갖춰 입은 사내가 안으로 들어왔다.

마풍전 소속 무력 단체 백마단의 단주, 탈혼검객이었다.

"다녀왔습니다, 전주."

마(魔) 제일뇌이자 마교 행정의 중추인 마풍전의 주인, 마뇌는 그제야 수북하게 쌓인 서류에서 눈을 떼며 고개를 들었다.

"무슨 일이 있었던 겐가?"

"마풍각이 사라졌습니다."

"뭐가 사라져?"

탈혼검객의 말에 마뇌가 눈가의 자글자글한 주름을 더욱 깊게 패며 되물었다.

오 일 전 마풍각에서 올라오는 보고가 끊겼다.

처음 하루 이틀은 별일이다 싶었지만 삼 일이 넘어가고 나자 이상하다 싶어 백마단주 탈혼검객을 보내 상황을 알아보게 했다.

자신의 후계로 생각하고 있는 녀석이 마풍각을 책임지고 있었기에 별일은 없을 거라 여겼다.

"정확히 말씀을 드리자면 마풍각 내 모든 인원이 흔적 없이 사라졌습니다."

"좀 더 세세히."

마뇌의 목소리에 날이 섰다.

"마풍각 내에 은은한 혈향이 배어 있는 것으로 보아 알 수 없는 변고가 생긴 듯하지만."

"하지만?"

"더 이상 알아낸 것은 없었습니다."

마뇌의 얼굴을 뒤덮고 있는 주름들이 더욱 선명해졌다.

"조그만 흔적조차 없었던 말인가?"

"그렇습니다."

마뇌의 머릿속은 한순간 복잡해졌다.

누가?

왜?

무슨 연유로?

"당연히 문서 쪼가리도 없었겠고."

"그렇습니다."

마뇌는 생각에 잠긴 듯한 표정으로 다시 물었다.

"최근에 들은 바는 없고?"

"얼마 전 마검자를 만나 술잔을 기울였습니다."

"마풍각 백마대?"

"예."

"마검자의 말에 의하면 근래 하오문과 마찰이 있었다고 합니다."

"지금 노부의 귀가 잘못된 것은 아니지?"

탈혼검객은 묵묵히 고개를 끄덕이는 것으로 대답을 대신했다.

"하오문, 하오문, 하오문."

마뇌는 중얼거리며 하오문에 관한 기억들을 떠올렸다.

그러고 보니 언젠가 곡사무가 하오문을 접수해도 되겠느냐 보고를 올렸었다. 하오문이면 한 발 걸쳐 두는 것도 나쁘지 않다 싶어 역량껏 알아서 해 보라 했다.

"알았네. 수고했네."

마뇌는 손을 저어 그만 물러가라 뜻을 전했다.

"하필이면 이때에."

탈혼검객이 나가고 마뇌는 수심 깊은 목소리로 중얼거렸다.

"적서."

마뇌의 목소리에 지붕에서 낯선 목소리가 들려 왔다.

"하명하십시오."

"네가 한 번 알아봐. 무슨 일이 있었는지."

"기한은 어찌 되옵니까?"

"천마께서 탈관하시려면 족히 육 개월은 걸릴 터. 확실한 무언가를 알아내면 돌아오도록 해."

"명."

마뇌는 등받이에 몸을 기대며 눈을 감았다.

*　　　*　　　*

흑오가 네 권의 책자를 탁자 위에 올려놓았다.

"마교의 마공인가?"

"정확히는 마교 외단, 마풍각의 마공입니다."

야현은 책자를 가볍게 훑어보았다.

표지는 한자로 적혀 있었지만, 속 내용은 서방의 언어로 번역되어 있었다. 그렇기에 야현은 빠르게 내용을 파악할 수 있었다.

한 권은 마나 컨트롤, 마공심법에 관한 것이었고, 나머지 세 권 중 두 권은 검서(劍書), 그리고 한 권은 도서(刀書)였다. 마풍각 소속 백마대, 청마대, 적마대가 익힌 마공들이었다.

그들을 죽이면서 피를 통해 흡수한 마공을 뱀파이어 기사들의 시각으로 새로이 정리한 것이었다.

"반응은?"

"세 단장들 모두 흡족해하고 있습니다."

당연하다.

아무리 서방에 기사들이 있다고는 하지만 그들의 무위는 중원의 무공에 비할 바가 되지 못한다.

서방의 싸움이 방어에 치중해 갑옷을 발달시켰다면, 동방의 싸움은 공격에 중점을 두어 무공을 성장시켰다. 순수한 무력만 따지고 본다면 동방, 즉 중원 무공의 압승이다.

화이트 기사단의 단장뿐만 아니라 기사들도 어쩌면 새로운 무의 길을 보았을지 모른다.

"다만 마교의 마공을 전부 익힐지 아니면 필요한 구결을 현재의 검술에 더할 것인지를 논의하고 있습니다."

"마교는?"

"예상외로 조용합니다."

"단순히 조용한 것인가? 아니면 잠시 몸을 웅크린 것인가?"

"마교 교주 천마가 현재 폐관 수련 중입니다. 그렇다 보니 마뇌도 쉽사리 움직일 수 없어 그런 듯합니다."

"용케 마교 내부 사정을 알아냈군."

야현이 흡족한 미소를 지었다.

"신강에 다시 지문과 지부를 내며 끊어졌던 연락 체계를 다시 세울 수 있었습니다."

"오늘이 백문대전 시작이지?"

"그렇습니다."

"백무쟁투까지 끝나려면 열흘이니. 당분간 조용한 날들이 되겠군."

"장주님."

그때 문밖에서 집사 함관이 안으로 들어왔다.

"무슨 일이냐?"

흑오가 야현을 대신해 물었다.

"손님이 찾아오셨습니다."

"누구라 하더냐?"

야풍장에 찾아올 손님은 없다.

"남궁가의 기 자를 쓴다고 하였습니다."

"남궁기?"

남궁세가의 전대 가주이자, 절대자 이성 중 일인. 그런 그가 찾아온 것이었다.

흑오의 시선이 당연히 야현에게로 향했다.

"흑오는 그만 나가 보고, 모셔 와."

"예, 장주님."

잠시 후 함관이 푸른 청의 무복을 입은 장년인을 대동하고 안으로 들어왔다.

남궁기였다.

나이가 일흔을 넘겼다는데, 그 나이 때쯤은 인생의 훈장으로 여긴다는 주름도 잘 보이지 않을 정도로 그는 오십 대 전후의 젊은 모습을 하고 있었다.

"야현이라 합니다."

"남궁기일세."

"앉으시지요."

"고맙네."

남궁기는 이래저래 방안을 훑어보며 자리에 앉았다. 어색할 시간도 없이 집사 함관이 눈치 빠르게 차를 내왔다.

"맛이 좋구먼."

잠시 차를 음미한 남궁기가 찻잔을 내리며 말했다.

"야풍장이라⋯⋯. 참으로 운치가 있는 이름일세."

"그리 봐 주시니 감사합니다."

"그런데 이름만 운치가 있지 장원은 그렇지 못하군."

남궁기의 시선이 날카로웠다.

"무슨 말씀이신지?"

야현도 찻잔을 내리며 남궁기를 쳐다보았다.

"남궁세가는 이 정도가 아니란 말일세."

야현은 좀처럼 이해할 수 없다는 듯한 표정을 지어 보였다.

"검성, 그저 허명만은 아니지."

남궁기의 눈빛이 묘하게 번뜩거렸다.

제8장

**본인은 왕입니다**

'흠……!'

사안이 가볍지는 않지만, 그럼에도 남궁기는 가볍다면 가벼운 마음으로 야현을 찾아왔다.

비록 무림과 관이 불가침의 관계라고는 하지만 어디 세상사가 그렇게만 돌아가겠는가. 무림이 또 다른 세상이라고 해도 황제의 신민임에는 틀림없는바.

무림인에게 관인은 껄끄러운 존재임에 틀림없다.

그렇지만 남궁기는 그다지 신경 쓰지 않았다. 비록 야현이 관인이라고는 하지만 적당히 간을 보고 난 후 필요하면 살짝 실력 발휘를 하는 것도 어느 정도 염두에 두고 있었다.

그러나.

야풍장.

그저 고관대작들과 부호들의 집성촌인 진경 내 장원 중 하나라 생각했다.

야풍장 안으로 들어왔을 때에도 그 생각은 변하지 않았다. 하지만 그 생각이 바뀐 건 불과 열댓 걸음을 내디딘 후였다.

조용하다.

오가는 하인들이나 시녀들의 표정도 평온하다.

그런데 과하다.

지독하게 조용하고, 지독하게 평온하다.

그 모습을 보자 비로소 깨달을 수 있었다.

평범해 보이는 이 장원이 사실은 용담호혈(龍潭虎穴)이라는 것을.

그리고 곧 그것은 확신이 되었다.

야현을 마주하면서.

"그건 그렇고, 대인께서 어인 일로 본인을 찾아오셨는지?"

야현은 남궁기의 빈 잔을 채우며 물었다.

"심상이 고약하군."

남궁기의 말에 야현은 희미한 미소를 살짝 드러냈다.

"세 가문의 전략적 혼사라 생각했는데 자네를 보니 아니었……군."

남궁기는 야현의 몸에 숨겨진 기세를 읽다가 낯이 딱딱하게 굳었다.

미미하지만 도가 계열의 정심한 기운을 느꼈다.

오랜 세월 살아 보면 연륜이라는 게 쌓여 딱히 관상을 익히지 않아도 자연스레 사람을 가늠할 수 있다. 그리고 그게 무엇이 되든 하나의 업에 통달하면 자연스레 사물을 보는 눈이 생긴다.

부드러운 미소.

차분한 행동.

그리고 예의까지.

겉모습은 이만한 사윗감도 없을 정도로 출중하다.

그러나 남궁기의 눈에 비친 야현은 아니다. 인간이라면 느껴져야 할 생기가 느껴지지 않았다. 음산하고 사이한 기운이 풍긴다. 그것도 인간을 탈을 쓰고 인간인 척 살아가는 금수보다 못한 이들, 강한 힘을 위해 인간으로서 해서는 안될 일을 서슴없이 행하는 간악한 이들에게서 느껴질 법한 음산함이다.

"자네의 몸에서 피 냄새가 진동을 하는군."

"무슨 말씀을 하시는지."

야현은 피식 웃음을 보이며 찻잔을 들었다.

남궁기는 딱딱하게 굳은 눈매를 드러내며 그런 야현을 지켜보았다.

"노부의 연륜을 무시하지 마시게."

"무림인의 숙명 아니겠습니까?"

"그렇다고 피 냄새에 물들지는 않아. 사파인이라면 모를까."

"본인은 관인입니다."

"사파인이 아니라고 해도 피에 물들지 말라는 법도 없지."

"시비를 걸러 온 건 아니실 테고."

야현은 느릿하게 찻잔을 내렸다.

"좋은 관계가 될 수 있었는데 말이죠."

여전히 부드러운 미소를 짓고 있었지만 조금 전 미소와 달랐다. 그 미소에 붉은 동공이 더해지자 마치 뱀의 아가리를 보는 듯 소름이 돋았다.

"자네는 누군가?"

"아시고 오신 거 아니십니까?"

마치 착각이라고 느낄 만큼 야현의 미소는 다시 달라졌다.

"노부가 말하는 건 그게 아니라는 걸 알지 않는가?"

"그리 물으시면 대답을 들으실 수 없다는 것도 알고 계실 듯합니다."

야현은 반쯤 빈 찻잔의 주둥이를 손가락으로 만지며 남궁기를 지그시 바라보았다.

남궁기의 눈이 그런 야현의 손끝으로 향했다.

순간 몸이 경직되었다.

단순한 행동이지만 남궁기는 살기, 아니 살심을 느낀 것이다.

"오기를 잘한 거 같군."

야현은 고개를 돌려 창문을 쳐다보았다.

붉은 노을이 창문 안으로 들어차고 있었다.

"그 말씀만은 듣고 싶지 않았는데, 아쉽군요."

히죽.

야현이 새하얀 이를 드러냈다.

"지금이라도 생각을 달리할 수 없겠습니까?"

그 말에 남궁기가 고개를 저었다.

"그러고 싶지만 그렇게 하지 못할 거 같네."

야현은 찻주전자를 들어 남궁기의 찻잔과 자신의 찻잔에 따랐다.

"사실 궁금했습니다."

"무엇이 말인가?"

조금 전 아무런 일도 없었다는 듯 평온한 분위기에서 대화가 오갔다.

"검성쯤 되면 어느 정도나 강할까, 라고요."

"허허허, 조금 있으면 알게 될 텐데 뭘 그리 조급해하나?"

"그런가요?"

그러나 분위기와 달리 주고받는 대화 내용은 결코 평온하지 않았다.

"그나저나 차가 참으로 맛있군."

"본인의 유일한 식도락인지라 차와 술에는 제법 신경을 쓰고 있습니다."

"그런가?"

그리고 날이 저물었다.

탁, 탁!

빈 찻잔이 탁자 위를 두들겼다.

"잘 마셨네."

"연무장이 좋겠지요?"

"장소야 뭔 상관이겠나?"

둘은 동시에 자리에서 일어났다.

"그나저나 참으로 대단하십니다."

"뭐가 말인가?"

"막무가내로 죽이겠다고 하시는 것이."

"그래 보였는가?"

남궁기가 걸음을 잠시 멈추고 물었다.

"그런 면이 없지는 않습니다."

"그래 보였다 해도 어쩔 수 없네. 인면수심을 가진 이를 봤는데 살려 둘 수는 없지 않은가?"

"이래 봬도 사람답게 살려고 노력하는데 슬프군요."

야현이 멈춘 걸음을 다시 내디뎠다.

"적진이라면 적진 한복판인데 괜찮으시겠습니까?"

"안 괜찮으면 곱게 목을 내줄 텐가?"

"설마요."

"그럼 어쩔 수 없지 않은가?"

"후일도 있습니다."

"후일? 자네가 나를 곱게 보내 주기는 할 테고?"

"그건 또 그렇군요."

그러는 사이 둘은 연무장에 들어섰다.

"실없는 농담은……."

남궁기는 연무장을 쭉 훑어보며 말을 이었다.

"이만 끝내지."

남궁기는 좀 더 걸음을 내디며 야현과 거리를 벌렸다.

"그래도 만남이 너무 짧아 아쉽군요."

"정만 들어."

남궁기는 넉살 좋은 웃음을 보이며 허리춤에서 검을 뽑았
다.

창!

청아한 소리가 검면을 타고 흘렀다.

"좋은 검이로군요."

검 자루와 검집은 낡았지만 검날에는 매서운 예기가 담겨
있었다.

"평생 나와 함께한 녀석이지."

야현은 아공간에서 야월을 뽑아 들었다.

"자네도 좋은 녀석을 가지고 있었군그래."

야현은 야월을 들며 남궁기를 빤히 쳐다보았다.

"새삼 뭘 그렇게 보나?"

"그냥 문득 생각이 들었습니다."

"……?"

"절대자의 피 맛은 어떨까 하고."

히죽!

야현은 뾰족한 송곳니를 드러냈다.

"허허허허!"

남궁기가 큰 웃음을 터트렸다.

그리고 언제 다정하게 이야기를 나눴느냐는 듯 시퍼런 살

기를 띤 눈으로 야현을 쳐다보았다.

"다행이군. 내 눈이 틀리지 않아서."

후아악—

남궁기의 몸에서 거친 기세가 뿜어져 나왔다.

쓰사하아아!

동시에 야현의 몸에서도 음침하면서도 차가운 기운이 폭사되었다.

그 음산함에 남궁기는 순간 머리가 쭈뼛 서는 경험을 해야 했다.

역시, 겉으로 풍기는 정심한 내력은 위장이었다.

감춰진 진짜 내력은 지독한 마공, 혹은 사공이었다.

마기보다는 좀 더 사이한 사기로 느껴졌다.

'흠.'

남궁기의 눈매가 서서히 진중해졌다.

야현의 기세가 상상 이상이었다.

'쉽지만은 않겠군.'

진다는 생각은 하지 않는다.

문제는 이곳이 적진 한복판이라는 것이다. 눈앞의 야현 이외에 다른 무엇이 있는지 모른다.

'창궁(蒼穹), 창천(蒼天), 그리고 정도(正道).'

남궁기는 가슴속에서 그 세 마디를 다시금 새기며 검을

들었다.


"후우—."

야현은 무시무시한 남궁기의 기세를 온몸으로 받아들이며 나직하게 숨을 내쉬었다.

흥분, 그리고 가벼운 긴장감.

야현의 삶은 처절한 투쟁의 연속이었다.

그러나 어느 순간 그 처절함이 사라졌다. 그 후의 삶은 나른함의 연속이었다.

인간의 몸이었다면, 필연적으로 죽음을 기다리는 인간의 몸이었다면 나른함은 지겨움이 아닌 평온함으로 느껴졌을 것이다.

하지만 뱀파이어는 영생의 존재.

그래서 중원으로 왔고, 치열함과 흥분을 느끼기 위해 일을 벌였다.

그럼에도 나른함을 완전히 떨쳐낼 수는 없었다.

웃음이 절로 지어졌다.

지금 이 순간, 그 나른함이 사라졌다.

오랜만에 느껴보는 투쟁심.

"크흐으."

야현은 짐승의 울음을 내뱉으며 야월을 들어 올렸다.

스으으으—

남궁기의 검이 느릿하게 세워졌다.

"……!"

멈추지 않을 듯 끊임없이 움직이던 남궁기의 검이 어느 순간 눈에서 사라졌다.

야현은 빠르게 몸을 비틀며 야월을 세워 몸을 막았다.

캉!

아나나 다를까 남궁기의 검이 어느새 야현의 가슴을 베어 오고 있었다.

쐐애애액!

남궁기의 검이 빠르게 방향을 틀며 야현의 다리를 노리고 들어왔다.

"……!"

남궁기의 눈동자가 커졌다.

눈앞에서 야현의 신형이 사라진 것이다.

상식적으로 사라질 수는 없으니 자신이 그의 움직임을 놓쳤다는 뜻. 살을 에는 듯한 살기에 이끌려 남궁기는 몸을 틀며 검을 휘둘렀다.

캉!

검과 야월이 부딪치고 약속이라도 한 것처럼 둘은 뒤로

물러났다.

서로 상대방의 신형을 한 번씩 놓쳤다.

'흠.'

그 사실이 남궁기의 마음을 무겁게 짓눌렀다.

'득보다는 실이 많을 날이 되겠군.'

남궁기는 검 자루를 강하게 말아 쥐며 다시 검을 세웠다.

'하지만 나는 태양이 떠 있는 푸른 하늘이다!'

천천히, 더욱 느릿하게.

고오오오—

지금까지의 기운은 장난이라고 치부해도 좋을 정도로 남궁기의 기세가 바뀌었다.

압도적인 무거움.

마치 하늘을 마주한 것 같은 장대함이었다.

'남궁가의 무공은 하늘이라고 했었나?'

야현은 흡수한 남궁강의 기억을 떠올리며 입꼬리를 말아 올렸다.

팟!

다시 남궁기의 움직임이 눈앞에서 사라졌다.

하지만 지금 서 있는 이 땅을 지배하고 있는 것은 푸른 하늘이 아닌 어둠이었다. 거미줄을 친 거미처럼 야현은 어둠을 통해 남궁기의 움직임을 읽어 가고 있었다.

야현의 신형이 그 자리에서 사라졌다.

캉! 카가캉!

연무장 곳곳에서 시퍼런 불꽃이 튀었다.

남궁기가 눈으로 좇기 어려울 정도로 빠른 움직임을 보였다면 야현은 허공을 격하는 권능으로 빠름을 대신했다.

캉!

어느새 검과 검이 맞물렸다.

"정말 대단허이."

남궁기는 잠시 숨을 고르며 말했다.

"천하의 검성에게서 칭찬이라. 감사합니다."

"감사는 무슨. 사실이네."

남궁기의 말을 끝으로 둘의 시선이 허공에서 엉켰다.

카가각— 쐐애애액!

남궁기는 야월을 긁어 밀어내며 야현의 다리를 노렸다. 야현이 그 검을 막아서는 순간 남궁기의 검이 마치 분열이라도 한 것처럼 십여 자루의 검으로 나뉘어 야현의 사혈 곳곳을 노리고 찔러 들어왔다.

'허초?'

야현은 고개를 저었다.

남궁세가의 최상승 무공, 창궁무애검법의 무서운 점은 허초가 없다는 것이다.

히죽!

야현의 입가에 미소가 지어졌다.

막을 수 있다.

무엇으로?

창궁무애검법으로.

\*　　\*　　\*

야현의 야월이 원의 궤적을 그렸다.

부챗살처럼 도는 야월도 남궁기의 검처럼 분열하며 남궁기의 검을 막아갔다.

카가가가강!

십여 개의 불꽃이 동시에 피어났다.

"차, 창궁!"

남궁기의 입에서 경악이 터져 나왔다. 창궁 뒤로 이어지는 무애검법까지 입에 담을 수 없을 정도로 놀란 것이다.

"네놈이 어떻게 본가의 무공을 알고 있느냐?"

방금 야현이 보여준 수는 창궁무애검법의 요결을 담고 있었기 때문이었다.

"핫!"

야현은 대답 대신 웃음을 드러내며 남궁기를 향해 몸을

날렸다.

쑤아아악!

하체를 베며 동시에 가슴을 찔렀다.

"네 이놈!"

남궁기는 야현의 검결에 얼굴을 일그러트리며 더욱 노한 일갈을 터트렸다.

창궁무애검법에 이어 대연검법이다.

남궁의 무공은 무겁다. 그리고 빠르다.

야현의 검이 지금 그렇다.

한없이 무거우면서도 빨랐다.

"네놈의 사지를 자른 후에 물어야겠구나!"

남궁기의 검에 바람이 휘몰아쳤다.

후우우웅!

그리고 검명.

이어진 강기(罡氣).

쿠오오오!

시퍼런 강기가 마치 혼귀들의 광망(光芒)처럼 공기를 잡아먹으며 야현의 가슴을 파고들었다.

쾅!

폭탄이라도 터진 것처럼 엄청난 파음이 터졌다.

"큭!"

그 충격에 야현의 몸이 뒤로 주르르 밀렸다.

"크크크크크!"

엄청난 충격에 야월을 들고 있는 야현의 팔이 부들부들 떨렸지만 무슨 연유인지 야현은 웃음을 내뱉었다. 그것도 한없이 즐거운, 그러나 다른 이가 보기에는 실성한 듯한 웃음이었다.

"후우—, 정말 뭐라고 해야 할지. 엄청납니다."

야현은 길게 숨을 내쉬고는 야월을 허공에 힘껏 휘두르며 말했다.

반면 남궁기의 표정은 그다지 밝지만은 않았다.

거짓을 조금 보태면 무엇이든 자른다는 검강이다. 그런 검강이 막혔다. 그것도 같은 강기가 아닌 순수한 힘에.

야현이 다시 움직였다.

이번의 움직임은 전처럼 빠름을 추구하는 직진이 아니었다. 끊임없이 실과 허를 나누고, 모으며 맥을 밟는, 남궁의 보(步), 무한보(無限步)였다.

그 움직임에 남궁기의 눈동자가 커졌다. 동시에 눈가의 주름이 일그러졌다.

남궁기는 그래도 은연중 가라앉혔던 살심을 검강에 담으며 야현의 몸을 베어들어 갔다.

무한보의 결을 따라 밟으며 남궁기의 품으로 파고들던 야현의 눈과 남궁기의 눈이 마주쳤다.

씨익!

야현이 웃음을 드러냈다.

남궁기의 검이 야현의 몸에 벼락처럼 꽂힐 때.

팟!

야현의 신형이 그 자리에서 사라졌다.

권능, 어둠의 이동이었다.

무한보는 오로지 남궁기의 정심을 흔들기 위함일 뿐.

남궁기의 등 뒤에서 신형을 드러낸 야현은 야월을 강하게 내려찍었다.

'……!'

후아아악!

분명 완벽히 남궁기의 뒤를 잡았다고 생각했는데 남궁기의 신형이 그림자처럼 옆으로 밀려났다. 단지 피한 것만이 아니라 오히려 야현의 옆구리를 찔러 왔다.

서걱!

급히 몸을 틀었지만, 남궁기의 검을 피하지는 못했다.

옆구리가 길게 베였다.

하지만 지금 베인 옆구리가 문제가 아니었다. 어느새 남궁기의 검이 목까지 파고들었다.

야현의 붉은 동공이 크게 확장되었다.

화르륵— 콰광!

그 시선이 닿은 곳, 남궁기의 얼굴 앞으로 붉은 화염이 터졌다.

남궁기의 시선을 빼앗은 야현은 급히 뒤로 물러났다.

분명 얕게 베였는데 옆구리에 난 상처는 깊었다. 단순한 검이 아니라 강기에 베인 탓이다.

야현은 일단 급한 대로 손 위에 불을 만들어 옆구리를 지졌다.

"요상한 사술을 쓰는구나."

수염이 반쯤 타고 얼굴 한쪽에 그을음이 남은 남궁기가 말을 내뱉자마자 다시 야현을 향해 몸을 날렸다.

야현은 이를 악물고 야월을 들어 올렸다.

쾅!

야현의 신형이 뒤로 주르르 밀려났다.

쑤아아악!

쉴 틈 없이 덮쳐오는 남궁기.

야현의 붉은 동공이 남궁기의 그림자로 향했다.

그림자 속박!

쐐애애—

"……!"

남궁기의 움직임이 강제로 멈춰졌다. 그러나 남궁기는 그저 그런 고수가 아니었다.

검을 대표하는 절대자, 검성.

그 별호가 주는 의미는 결코 가볍지 않다.

차장창창창!

동결된 마나가 깨지는 소리와 함께 남궁기는 더욱 빠르게 야현의 허리를 베었다.

찰나의 멈춤이었지만 야현에게는 충분한 시간이었다.

그러나 야현은 거리를 벌리지 않았다. 오히려 야현은 남궁기의 후미 근접으로 이동해 야월을 휘둘렀다.

쌕!

한 자루의 야월이

쌔애애—

두 자루가 되고, 세 자루가 되어 매섭게 남궁기의 목과 가슴, 다리를 베어 들어갔다.

쾅쾅—

남궁기는 빠르게 야현의 검을 막아갔다. 하지만 야현은 그런 남궁기의 움직임을 짧지만 속박의 권능으로 옭았다.

그렇게 만들어진 찰나의 틈.

서걱!

야현은 남궁기의 허벅지를 벴다.

최소한 다리를 잘라내지 못하더라도 제법 큰 검상을 입힐

줄 알았는데 예상외로 상처가 얕았다.

"하압!"

노령의 나이답지 않게 남궁기는 걸걸한 기합을 터트리며
검을 들어 올렸다.

"······!"

순간 야현의 눈동자가 흔들렸다.

남궁기 주위로 흐르는 기세가 달라졌다.

느리게, 느리게 내려 그어지는 검.

너무나도 느려 눈에 훤히 보이건만 마치 거미줄에 갇혀
꼼짝달싹할 수 없는 자그만 벌레라도 된 것처럼 움직일 수
없었다.

남궁기의 검이 하늘을 가릴 만큼 커졌다.

아니, 커진 게 아니라 하늘을 가릴 만큼 수십, 수백의 검
으로 나누어진 것이다.

'이게? 제왕검형!'

검법이지만 검법이 아닌 검법.

남궁가의 진정한 요결.

남궁강의 기억 속에 남겨진 제왕검형이 떠올랐다.

그를 통해 엿본 제왕검형은 제왕검형이 아니었다. 발치도
따라가지 못할 하찮은 것이었다.

"크하악!"

하지만 야현은 거미줄에 갇혔다 해서 그저 죽음을 기다리는 벌레 따위가 아니었다.

왕이다!

뱀파이어들의 왕!

야현은 본연의 울음, 짐승의 울음을 토해내며 야월을 들어 올렸다.

막을 수 있는 것만 막는다.

콰과과과광!

야월의 검 위에서 엄청난 수의 폭발이 일었다.

쿵!

폭발하듯 짓누르는 힘을 이기지 못하고 야현의 한쪽 무릎이 꺾이며 바닥을 찍었다.

하지만 시간을 벌었다.

누군가에는 찰나의 시간일지 몰라도.

"본인은!"

야현의 주위로 화염이 치솟아 올랐다.

"본인은!"

거대한 용풍권이 몰아치듯 바람이 휘몰아쳤다.

"왕이다!"

어둠이 달려들어 남궁기의 몸을 옭아맸다.

금세 잘리고, 부서졌지만 어둠은 끝없이 남궁기의 몸을

덮쳐갔다. 그리고 화염이 남궁기의 몸을 휘감았다. 바람이 날카로운 칼날이 되어 남궁기의 몸을 베어 갔다.

몸이 속박되고, 불에 옷과 살이 타고, 바람에 살이 베여도 남궁기의 검은 하늘을 뒤덮고 야현을 덮었다.

콰과과과과광!

"푸학!"

엄청난 폭발 속에서 야현이 피를 토하며 뒤로 날아가 바닥에 나뒹굴었다.

"쿨럭!"

썩은 검은 피가 야현의 입에서 뿜어져 나왔다.

야현의 몸은 정상이 아니었다.

한쪽 팔이 잘려 있었고, 썩은 내장이 드러날 정도로 배가 갈라져 있었다. 죽어도 이상하지 않을 중상을 입은 것이다.

"크흐으!"

야현은 흉측한 송곳니를 드러내며 몸을 일으켜 세웠다.

여전히 자리에 서 있지만, 남궁기의 몸도 그다지 좋아 보이지 않았다.

머리카락과 수염이 불에 그슬려 우수수 떨어지고 있었고, 온몸을 가득 채운 상처 탓에 그의 몸은 피로 덮여 있었다. 눈에 띄는 큰 검상은 보이지 않았지만 적지 않은 내상을 입은 듯 입가로 핏물이 주르르 흘러내렸다.

풍이라도 온 것처럼 몸을 떠는 남궁기의 모습은 위태위태
해 보였다.

야현은 야월을 움켜잡은 채 바닥에서 팔딱팔딱 뛰고 있는
자신의 잘린 팔을 바라보았다.

그리고 염력으로 끌어당겼다.

"……!"

순조롭게 허공을 떠올라 날아오던 팔과 야월이 딱 멈췄
다.

의도한 바가 아니다.

누군가의 힘에, 강제로 멈춰진 것이다.

'남궁기?'

야현이 남궁기를 쳐다보았다.

자신을 빤히 쳐다보는 남궁기.

동시에 야월이 부르르 떨리며 검 끝이 조금씩 야현을 향
해 틀어졌다.

야현의 붉은 동공이 눈동자를 뒤덮었다.

염력의 힘을 최대한 끌어올린 것이다.

검 끝이 야현의 몸을 비켜가는가 싶더니 다시 그를 향해
세워졌다.

쑤아아악!

파르르 떨리던 야월이 잘린 팔과 함께 야현의 가슴으로

쏘아졌다.

푹!

야월이 야현의 가슴을 꿰뚫었다.

"커헉!"

야현의 눈이 부릅떠졌다.

그리고 뒤로 넘어갔다.

"푸학!"

동시에 남궁기가 피를 한 바가지 내뿜으며 바닥에 무릎을 꿇었다.

쿵!

그 순간 묘한 마나의 파장이 일었다.

이윽고 검은 옷으로 몸을 감싼 누군가가 모습을 드러냈다.

"우히히히!"

카이만이었다.

그리고 검은빛과 함께 사라졌다.

제9장

무공을 익혀야겠습니다

*Vampire*

"크학!"

야현이 눈을 부릅뜨며 긴 잠에서 깨어났다.

가장 먼저 느껴지는 것은 선명한 혈향.

주위를 둘러보니 두 구의 시체가 보였다. 하나같이 바싹 마른 모습, 입 안에서 느껴지는 달콤한 피 맛.

야현은 자리에서 일어났다.

"우히히히."

카이만이었다.

"이곳은?"

"하오문 안가(安家)입니다."

"그렇군."

야현은 자리에서 일어나며 눈살을 슬쩍 찌푸렸다.

팔에서 극심한 고통이 느껴진 것이다.

남궁기에게 잘렸던 팔이다.

"깨어나셨습니까, 주군?"

그때 안으로 들어오던 흑오가 서둘러 야현 앞으로 다가와 섰다.

"남궁기는?"

"표국에 의뢰를 넣어 남궁세가로 보냈습니다."

야현의 시선이 흑오에게서 카이만으로 넘어갔다.

"우히히히!"

멋쩍은 괴소.

그 웃음에 야현도 피식 웃음을 터트렸다.

"죽지 않았겠지?"

"숨은 붙어 있었습니다."

"후─."

야현은 방구석에 놓인 의자에 앉았다.

몸이 천근만근이다.

아직 치유가 덜 된 탓이리라.

아울러 목이 타는 듯 갈증이 치밀어 왔다.

"목이 마르는군."

그 말에.

"헤헤, 헤헤헤헤!"

전라의 한 여인이 한 사내의 손에 끌려왔다. 여인은 약에
취한 것인지 의미 없는 웃음을 흘리며 제 몸도 가누지 못했
다.

"당장 기력을 찾는 데 도움이 되실 겁니다."

흑오가 눈치를 주자 사내는 죽은 두 구의 시신을 가지고
나갔고, 이어 그와 카이만이 조용히 문을 닫고 나갔다.

여인은 어두컴컴해진 방 안에서 멍한 눈으로 천장을 올려
다보았다.

야현은 그런 여인을 향해 손을 뻗었다.

염력의 힘에 여인이 야현의 품으로 날아들었다.

콰직!

야현은 단숨에 여인의 목에 날카롭고 긴 송곳니를 박았
다. 그리고 빠르게 피를 빨았다.

"하악!"

고통인지 신음인지 모를 비음이 여인의 입에서 흘러나왔
다.

그녀의 피를 한 방울도 빠짐없이 다 마신 후 야현은 침상
으로 다가가 쓰러져 잠들었다.

　　　　＊　　　＊　　　＊

투각 투각— 덜그럭!

마차의 흔들림에 남궁기는 눈을 떴다.

"크으!"

그리고 온몸에서 느껴지는 고통에 눈가를 찌푸렸다.

가장 먼저 느껴진 것은 약재 특유의 고약 냄새였다. 남궁기는 아픈 몸을 일으켜 세웠다. 온몸에 칭칭 감은 붕대가 눈에 들어왔다.

고약, 금창약 냄새가 붕대에서 느껴졌다.

붕대도 깨끗한 것이 간 지 얼마 되지 않아 보였다.

'마차?'

고급은 아니지만 나름 깨끗한 마차 내부가 눈에 들어왔다.

남궁기의 눈매가 금세 가늘어졌다.

얼굴을 확인하지 못한 자가 야현이라는 자를 데리고 사라졌다. 그리고 연무장 벽 위로 빼곡하게 모습을 드러낸 붉은 안광의 무인들.

그리고 정신을 잃었다.

그런데 마차에서 눈을 떴다.

정성스럽게 몸도 치료해 주고 있었다.

누가?

왜?

남궁기는 창문을 열었다.

마차는 어느 산길을 달리고 있었다.

"밖에 누구신가?"

남궁기의 목소리에 마차는 금세 멈춰 섰다.

"깨어나셨습니까?"

한 사내가 마부석에서 내려 다가왔다.

'표국?'

"어디로 가는 길인지 물어봐도 되겠는가?"

"남궁세가로 향하고 있습니다."

남궁기의 눈매가 가늘어졌다.

"그렇게 의뢰를 받았습니다."

"흠."

잠시 삼킨 침음.

"누가 의뢰를 넣었나?"

"그건 소인도 잘……. 상처가 중하니 치료를 하며 최대한
빨리 남궁세가로 모시라는 것만 알고 있습니다."

남궁기는 고개를 끄덕였다.

"노부가 얼마나 잠들어 있었나?"

"삼 일입니다."

"남궁세가까지는?"

"이틀이면 당도할 것입니다."

"부지런히 달렸군."

비록 겉으로 드러난 상처는 제법 아물었다고는 하지만 내
상은 아니었다.

"수고해 주시게."

남궁기는 창문을 닫으며 눈을 감았다.

'야현.'

그가 살려 주었다.

그의 수하들이 살려 주었다.

'왜?'

"크하하하하! 쿨럭!"

느닷없이 대소를 터트렸다가 각혈을 토하고 말았다.

'사이함만이 다는 아니라는 것인가?'

누군가의 손이 아닌 자신의 손으로 끝을 보고 싶다는 뜻.

'다음번에는 나를 찾아오겠군.'

남궁기는 가부좌 위에 올려놓은 손을 꽉 쥐었다.

*     *     *

툭!

야현은 뼈 가죽만 남은 사내의 시신을 발로 툭 차 옆으로 밀며 자리에서 일어났다.

두둑!

그리고 목과 어깨를 풀며 기지개를 켰다.

몸 상태가 나쁘지 않았다.

투박한 나무 문을 열고 밖으로 나갔다.

안채 정방에 흑오와 카이만이 탁자에 앉아 있었다.

"주군."

"앉아 있어."

야현이 비어 있는 의자에 앉았다.

"몸은 이제 괜찮으신지요?"

흑오가 물었다.

"야풍장은?"

야현은 대답 대신 현 상황에 대해 물었다.

"함 집사가 알아서 관리를 할 것입니다."

"회는?"

"어차피 드러나지 않은 회입니다. 하오문은 안가로 사용하는 장원으로 피해 임시로 본문을 세웠습니다. 배라한과 적랑대는 혈랑문에서 머물고 있습니다. 그리고 살문은 과거 음살문으로 거처를 옮겼습니다."

"엘리와 몽마들은 오파일방에서 여전히 작업 중이고, 우히히히. 마탑과 기사단 중 일부는 하오문에, 나머지는 본국으로 귀환시켜 놓았습니다."

"실체가 없다는 게 이럴 때에는 편하군."

야현은 고개를 끄덕이며 자리에서 일어났다.

"어디를 가시려고."

"글을 익혀야겠어."

"……?"

야현은 무공의 무서움을 느꼈다.

아울러 절대자의 무서움도.

지금도 심장을 꿰뚫린 그때를 생각하면 두려움과 함께 전의가 타올랐다.

스승이 남긴 전진의 무공이 있다.

미뤘던 무공을 익히리라.

그리고.

"남궁기를 찢어 죽여야지."

야현은 하얀 송곳니를 드러내며 히죽 웃음을 지었다.


"흠!"

야현은 못마땅한 표정을 지으며 책을 덮고 자리에서 일어났다.

탁!

생각에 잠겨 내딛는 걸음에 시신 한 구가 다리에 걸렸다. 야현은 시신을 발로 차 구석으로 던졌다.

턱!

구석에는 바싹 마른 시신 세 구가 쌓여 있었다.

특이한 점이라면 하나같이 학사의를 입고 있다는 것이었다.

"이들의 지식이 모자란 것인가, 아니면 글을 안다 하여 쉽사리 익혀지는 것이 아닌 것인가?"

야현도 최소한의 양심은 있었다.

그렇기에 제법 글귀를 읽지만 행실이 올바르지 않은 학사들을 골라 피를 통해 그들의 지식을 흡수했다. 물론 평소 같으면 죽이지 않았을 자들이기는 하지만 현 상황에서 그런 그들의 목숨 따위를 생각해 줄 여유는 없었다.

어찌 되었든 그들의 지식으로 전진의 무공서를 읽을 수 있었다.

다만 읽었을 뿐이다.

문제는 이해가 되지 않는다는 것이었다.

아니, 몇몇 부분은 이해가 된다.

그러나 그 지식은 이들의 것이 아닌 남궁강을 비롯한 무인들의 지식을 통해서였다.

'무인의 지식이라.'

좀 더 정확히 하자면 도가 계열의 무공 지식이 필요하다.

"카이만."

"우히히히."

카이만이 모습을 드러냈다.

"엘리, 지금 어디 있지?"

"호북에 있는 것으로 알고 있습니다."

"호북?"

호북에 무당파가 있다.

곤륜파와 화산파는 어느 정도 작업을 쳤다고 한다.

곤륜파와 화산파는 전진의 무학을 이어받은 문파이며, 무당파는 도교 무학의 꽃을 피운 문파다.

"제갈세가로 본인을 찾아오라 전해."

야현은 그 자리에서 허공을 찢었다. 그리고 공간을 격해 제갈세가 가주실로 신형을 옮겼다.

＊　　　＊　　　＊

가주실 구석 한 공간이 찢어지며 야현이 모습을 드러냈다.

"주군?"

서탁에서 업무를 처리하던 제갈지소가 놀란 눈으로 자리

에서 일어났다.

"잘 지냈나?"

"……몸은 괜찮으신 겁니까?"

제갈지소의 물음에 야현은 피식 웃음을 삼켰다.

"적어도 걱정하는 표정 정도는 보이는 것이 좋지 않나?"

오대세가를 훤히 들여다보고 있으니 남궁기와의 일도 알고 있을 것이다. 굳이 그렇지 않더라도 여러 입을 거쳐 들었을 것이겠고.

"그래도 본인은 명색이 그대의 마스터야."

"남궁기의 성격상 주군의 목을 칠 리는 없고, 심장 정도가 부서졌다고 해서 죽는 것도 아니지 않나요?"

"아쉬웠겠군. 본인의 목이 날아갔으면 좋았을 텐데."

자그만 술독을 내오는 제갈지소의 행동은 여전히 담담했다.

"아니라고는 하지 않는군."

야현은 부드러운 미소를 지었다.

펑.

제갈지소가 술독을 따자 알싸한 주향이 났다.

독한 화주였다.

"이제 술맛도 알고, 제법이야."

제갈지소는 야현의 술잔에 술을 가득 따른 후 자신의 잔을 채웠다.

"앞으로 어찌하실 생각이신가요?"

"뭘 어째? 사지를 찢어 버려야지."

야현은 한쪽 눈을 찡그리며 술잔을 들어 단숨에 비웠다.

"좋군."

야현은 몸을 추스른다고 요 며칠 술을 마시지 못했다. 인간의 몸이 아니니 술을 마신다고 해서 병에 걸릴 리는 없었지만, 치료가 우선이었기에 단지 술을 입에 대지 않았던 것이었다.

야현은 거푸 두 잔을 더 마신 뒤 술잔을 내렸다.

"남궁기는?"

"닷새 전 남궁세가에 도착했습니다."

"죽지 않은 모양이군."

야현은 아깝다는 표정을 지었다.

"특별한 움직임은 없고?"

"남궁세가 내부에서는 제법 큰 동요가 있었습니다."

"그렇겠지."

남궁기는 남궁가의 절대적 기둥이자, 천하를 오시하는 절대자 중 한 명이다. 그런 그가 큰 중상을 입고 왔으니 남궁세가가 뒤집어진 것은 자명한 일.

"돌아오자마자 칩거에 들어갔다고 합니다."

"칩거?"

"상처 치료 후 폐관 수련에 들어간다고 합니다."

"용케 그 사실을 알아냈군. 벌써 남궁세가에도 사람을 심어 둔 것인가?"

야현의 질문에 제갈지소의 눈매가 슬쩍 굳어졌다.

현 상황이 마음에 안 든다는 뜻.

"흑월을 통해서 알아낸 사안입니다."

하오문이었다.

"가진 힘도 없는데 참으로 대단하단 말이야."

어디에나 하오문이 있다.

동시에 어디에도 하오문은 없다.

대다수가 하오문이면서 스스로 하오문임을 인지하지 못한다. 그저 옆집 누구, 앞집 누구일 뿐.

"무슨 상황인지 남궁세가에서 알아보려는 움직임은 있으나 남궁기가 입을 닫고 있는 이상 알아내기는 어려울 것입니다."

"참으로 재밌는 늙은이야."

야현은 술을 한 잔 더 마신 후 자리에서 일어났다.

"어디로 가시려고……."

"남궁세가."

"예?"

제갈지소의 입에서 놀란 음성이 터져 나왔다.

"그대도 그런 반응을 보이기도 하는군."

"하지만."

"괜찮아."

야현은 탁자 옆 공간으로 걸음을 옮겼다.

"왜?"

야현의 물음에 제갈지소가 고개를 끄덕였다.

"변덕이라고나 할까? 그냥 한번 보고 싶어졌어."

촤아악!

야현은 허공을 찢었다.

"아, 엘리. 오면 기다리고 있으라 해."

그리고 찢어진 공간으로 사라졌다.


정갈하고 수수한 푸른 무복을 입은 남궁기가 가부좌를
튼 채 침상 위에 앉아 있었다.

평소 고고하던 그의 모습은 아니었다.

머리카락은 단발로 짧아졌고, 수염도 짧게 정리되어 있었
다. 무복 사이로 드러난 몸은 자잘한 상처가 빼곡하여 패도
적인 느낌을 주었다.

"후우―."

운기조식으로 내상을 다스리며 눈을 뜨던 남궁기의 눈동

자가 딱딱하게 굳어졌다.

그리고 시선을 살짝 돌려 보니 원탁에 한 사내가 앉아 있었다.

야현이었다.

남궁기는 다리를 풀며 야현의 몸을 살폈다.

"팔 하나를 자른 듯싶은데."

"잘렸었지."

야현은 잘렸던 오른팔을 움직이며 대답했다.

"놀라운 재주로군."

"본인도 그리 생각해."

야현은 탁자 위를 손바닥으로 가볍게 툭툭 내려쳤다.

"손님이 왔는데 차라도 한 잔 주지그래."

"훗."

남궁기는 피식 웃음을 터트리며 차를 준비했다.

"말이 짧아졌어."

지적이면 지적이지만 어투나 표정은 그다지 개의치 않는 모습이었다.

"본인이 재미난 사실을 하나 알려 줄까?"

"뭔가?"

차를 우려 온 남궁기가 찻잔에 차를 따르며 물었다.

"본인의 나이가 그대의 두 배쯤 돼."

차를 따르던 찻주전자가 잠시 멈췄다.

"참인가?"

"굳이 거짓을 말할 필요도 없지 않나? 그래도 어디 가서 말하지는 말아."

"반로환동(返老還童)?"

야현은 고개를 저으며 차가 담긴 찻잔을 들어 한 모금 마셨다.

"반로환동은 아니고 그냥 늙지 않을 뿐이야."

"자네의 기이한 능력을 떠올리면 그리 이상하게 다가오지도 않는군."

남궁기도 찻잔을 들어 차를 마셨다.

"기별 없이 어인 일인가?"

"기별하고 오는 것도 이상하지 않나?"

"그도 그렇군."

자신이 말을 해 놓고도 이상했는지 남궁기는 실없는 웃음을 삼켰다.

"그냥 와 봤어. 몸은 괜찮나 해서."

"누가 치료를 잘해 줘서 고비는 넘겼네."

"본인은 아니야. 오지랖 넓은 수하들이지."

야현은 어깨를 으쓱 들어 올렸다

"그게 그거 아닌가?"

야현은 말없이 미소를 지을 뿐이었다.

그 모습을 지켜보던 남궁기는 문득 야현을 처음 만났을 때 그에게서 받았던 느낌을 다시 떠올렸다. 그가 생각하기에 야현은 누구보다 음험한 속내를 가진 사내이지만, 그만큼 겉으로는 예의와 격식을 차리던 이가 아니던가.

"그대의 성정이라면 누구에게나 말을 높일 거 같은데. 노부가 잘못 본 것인가?"

"맞아."

"……?"

"그래도 살면서 모든 이에게 말을 높이지는 않지."

남궁기는 찻잔을 기울이며 야현의 말을 경청했다.

"일단 수하."

"그렇지. 수하에게 말을 높일 수는 없지."

그리고 적절한 맞장구까지.

"그리고 친우."

"친우?"

남궁기는 야현을 쳐다보며 반문했다.

"친우보다 가까운 적이라면 응당 말을 놔야지. 안 그런가?"

"궤변이군."

"맞아. 궤변."

"궤변은 맞는데…… 이해가 가는구먼."

"하하하하."

야현이 웃음을 터트렸다.

"역시 본인이 사람 보는 눈이 있어."

차를 비우니 해가 저물기 시작했다.

"저녁은 어찌할 텐가?"

"본인이 말하지 않았나 보군. 본인은 음식을 먹지 않아."

남궁기의 눈이 야현의 몸을 훑었다.

"늙지 않는 비결인 겐가?"

그리고 호기심을 드러냈다.

"먹지 않는 것으로 늙지 않는다면 세상에 장수하는 이들 천지겠군."

"그렇군."

"먹지 않는다기보다 못 먹는다고 해 두지."

"술은?"

"술? 좋지."

야현이 기분 좋게 화답했다.

"술 한잔 하지."

"몸도 성하지 않은데 괜찮나?"

야현이 걱정 어린 목소리로 물었다.

"술 한 잔에 몸이 상할 정도로 약하지는 않아."

잠시 후 단출한 술상이 차려졌다.

술잔과 함께 소소한 대화가 오갔다.

"그런데 자네."

남궁기가 야현을 불렀다.

"……?"

"목적이 뭔가?"

"목적? 무림 일통 뭐 이런 거?"

야현의 되물음에.

"아닌가?"

남궁기는 의외라는 눈빛을 띠었다.

"그거 가져서 뭐하게? 귀찮아."

"아니면?"

"밤에 자유로워지고 싶어."

"크하하하하!"

남궁기가 갑자기 웃음을 터트렸다.

"태양 아래가 아닌 밤의 세상을 가지겠다. 신선한 야망이군."

야현도 술잔을 내리며 남궁기를 쳐다보았다.

"중원에 그대보다 강한 이가 몇이나 있나?"

"그건 왜?"

"알아야 본인도 준비를 하지. 이제껏 제법 자신감이 넘쳤는데 보기 좋게 꺾였단 말이야."

"허허."

남궁기는 어이없는 웃음을 터트리며 말했다.

"그걸 노부에게 물어? 참으로 그대의 낯짝은 두껍군그래."

"그래서 안 알려줄 건가?"

"글쎄, 고민이 좀 되는군."

"이런, 너무하는군."

야현이 투정을 부리듯 말했다.

"본인은 터놓고 이야기를 해 주었는데 말이야. 좋아."

야현이 탁자를 호기롭게 쳤다.

"본인이 그대를 죽이면 남궁가의 여식을 아내로 맞이하지."

"그건 또 무슨 궤변인가?"

"무슨 일이 있어도 남궁가는 살려 두겠다는 뜻이야."

야현이 히죽 웃음을 지었다.

"꼭 여식을 맞이해야 하나?"

"아니면 더 좋고."

야현의 말에 남궁기도 미소를 지었다.

"보자."

남궁기는 눈을 감으며 말꼬리를 흐렸다.

"노부보다 강한 자라…… 없네."

남궁기가 장난기 어린 표정으로 딱 잘라 말했다.

"이러긴가?"

"절대자들 모두하고 싸워 보지 않았으니 노부가 어찌 알겠나? 다만, 일존 천마, 일제 사제, 소림의 흑승, 무당의 옥양진인. 그 넷은 본인도 무시하지 못할 존재들이지."

"호오!"

"사패는?"

"사패는 노부보다 반 수 아래야."

자신감에 찬 대답.

"대답이 되었나?"

"충분히."

야현이 술잔을 들었다.

남궁기도 화답하듯 술잔을 들어 마주쳤다.

다시 대화는 소소한 소재로 돌아왔고, 술잔이 돌며 밤도 깊어졌다.

"이제 그만 가야겠군."

야현이 자리에서 일어났다.

"다음에 보면 둘 중에 하나는 죽겠군."

"아쉽지만 어쩌겠나?"

야현이 아쉬운 표정을 드러냈다.

"지금도 그대의 사지를 찢고 싶어 손이 근질근질한데."

히죽 웃음을 지었다.

"푸하하하하!"

언뜻 드러난 살심에 남궁기도 웃음을 터트렸다.

"잘 가게."

"잘 있게나."

야현은 남궁기의 방을 나갔다.

제10장

## 죽은 몸에도
## 심장이 뛰는군요

야현이 제갈세가 가주실로 돌아오자 서큐버스 엘리가 그를 기다리고 있었다.

"오셨어요?"

엘리는 마치 안주인이라도 되는 듯 야현을 맞이했다. 그에 반해 곧 혼례를 치를 제갈지소는 사무적으로 맞이했다.

"시답잖은 짓 하지 말고 앉아."

야현이 탁자에 앉자 바로 옆에 엘리가 앉았고, 맞은편에 제갈지소가 자리했다.

"제 몸이 그리워서 부르신 건가요?"

엘리는 야현의 앞섶 안으로 손을 밀어 넣고 가슴을 쓰다듬으며 비음 섞인 목소리로 아양을 떨었다.

"엘리."

야현은 엘리의 턱을 슬쩍 들어 올려 눈을 마주치며 미소를 지었다.

"네."

엘리는 눈을 감으며 입술을 슬며시 내밀었다.

"소멸시켜 줄까?"

부드럽지만 살기가 어려 있는 목소리.

엘리의 눈꺼풀이 파르르 떨렸다.

"다른 때라면 그대의 장난을 너그러이 받아주겠지만 지금은 아니야."

야현의 말에 엘리는 화들짝 놀라 야현의 품에서 떨어져 앉았다.

"현재 작업 상황은?"

야현의 말에 엘리가 서둘러 입을 열었다.

"곤륜과 화산, 개방은 순조롭게 진행되었고, 무당은 어렵게 작업을 치고 있어요. 소림과 아미는 큰 진척이 없는 상황이에요."

"곤륜."

"곤륜파는 장로 둘, 그리고……."

"화산."

야현은 엘리의 말을 자르며 다시 질문했다.

"화산은 장로 셋에……."

"무당."

"무당은 장로 한 명과 접촉 중이지만 쉽지 않아요."

"곤륜에 둘, 화산에 셋이라."

야현은 중얼거리고는 다시 물었다.

"무당의 장로를 밖으로 불러낼 수는 있나?"

"그 정도는 가능해요. 그런데 왜 그러시는지……."

"엘리, 본인을 좀 도와야겠다."

"호호호, 소녀의 것이 곧 주군의 것이 아니겠어요?"

"그들을 먹어야겠어."

"예?"

엘리가 놀란 듯 목소리가 커졌다.

"하, 하지만 그러면 애써 구축한 인맥들이 모두 사라져요. 거기에 앞으로 작업 들어가기가……."

"오파일방에 대한 조직이 없어져도 상관없다."

야현은 엘리를 보며 담담한 미소를 지은 채 말을 이었다.

"본인이 죽었다가 살아난 것은 알고 있나?"

"헙!"

남궁기와의 일을 몰랐던지 엘리의 두 눈 화등잔처럼 크

게 떠졌다.

"무, 무슨 그 말을 웃으면서 해요?"

"그런가? 어찌 되었든 그들의 무공 지식이 필요해."

엘리는 굳은 얼굴로 고개를 끄덕였다.

"장로급이면 적지 않은 지식을 가지고 있을 테고."

"왜 하필 오파일방의 장로들인가요?"

조용히 있던 제갈지소가 물었다.

"본인은 말이야."

"……."

"전진의 마지막 후예야. 그리고 곤륜과 화산은 전진의 뿌리에서 나온 문파들이고. 무당은 같은 도가 계열이지. 그래서 그들의 지식과 경험이 필요해."

"……!"

놀란 제갈지소의 눈이 부릅떠졌다.

"그래서 말인데, 폐관 수련실을 좀 빌려야겠어."

야현의 미소에도 제갈지소의 표정은 좀처럼 풀리지 않았다.

\*     \*     \*


어두운 밤, 그리고 어느 양갓집 사랑방.

"흑흑흑."

단아하고 기품을 가진 서른 초반의 여인이 흐느끼고 있었다.

"정말 이렇게 못 살겠어요."

울먹이던 여인이 장년의 도인의 품에 풀썩 안겼다.

"컴컴!"

낯이 붉게 달아오른 도인은 연신 헛기침을 내뱉으며 머뭇머뭇하다가 여인의 등을 두들겨 주었다.

"도인. 흑흑흑!"

여인은 도인의 품으로 더욱 파고들어 부둥켜안으며 울었다.

"부인. 그만 그치시오. 애(哀)기는 몸을 상하게 할 뿐이오."

"도인."

부인은 눈물 젖은 눈으로 도인을 올려다보았다. 그의 품에 안겨 있는 상태라 서로 코가 맞닿을 정도로 가까웠다.

"도인."

부인은 손을 뻗어 도인의 뺨을 쓰다듬었다.

"부인!"

도인의 눈동자가 흔들리더니 이내 여인을 부둥켜안았다.

"아!"

울음 섞인 비음.

남심을 뒤흔들기 충분한 음성이었다.

도인은 서툴게 여인의 입술을 찾아 입을 맞췄다.

"도인."

"부인!"

격정적으로 서로를 부른 둘의 몸이 침상으로 쓰러졌다.

이미 욕정에 젖은 도인이 여인의 옷을 찢듯 벗기며 그녀
의 몸을 탐하고 있을 때였다.

푸학!

침상에 검은빛이 터져 나와 휘감았다.


야광주로 어둠을 밝힌 석실.

제갈세가 가주 폐관 수련실이었다.

그 수련실 중앙.

마법진에서 검은빛이 뿜어져 나오더니 서로 뒤엉킨 반라
의 남녀가 모습을 드러냈다.

"음? 어, 어?"

푹신하던 침구가 사라지고 딱딱한 돌바닥을 느낀 도인이
눈을 떴다. 상식적으로 이해할 수 없는 낯선 장소가 눈에
들어오자 도인은 잠시 얼빠진 목소리를 냈다.

"이게 어찌······."

"호호호호!"

그때 도인 밑에 깔려 있던 여인이 비웃음과 함께 도인을 밀치며 자리에서 일어났다.

"부, 부인."

"소녀가 아직 부인으로 보이는 모양이죠?"

"······!"

요염한 웃음, 색기 흐르는 눈빛, 가슴이 훤히 드러났는데도 부끄러워하지 않는 농염함까지.

얼굴은 그대로이나 자신이 알던 여인이 아니었다.

저벅!

도인은 엉거주춤 자리에서 일어나다가 낯선 발걸음 소리에 고개를 돌렸다.

웬 사내가 걸어왔다.

도인의 표정이 굳어졌다.

함정임을 깨달은 것이다.

"이제 깨달은 모양이네. 호호호."

"갈!"

도인은 진각을 밟으며 여인을 향해 일장을 내질렀다.

펑!

가죽이 터지는 폭음과 함께.

"꺄악!"

여인의 비명이 터져 나왔다.

그녀의 육신은 힘없이 날아가 벽에 부딪치며 바닥으로 쓰러졌다.

"헙!"

그 모습에 오히려 도인이 기겁성을 터트렸다.

피를 뿜으며 벽으로 부딪혔던 여인이 바닥으로 쓰러졌지만 동시에 웬 여인 하나가 벽에 도도하게 서 있었기 때문이었다. 마치 벌레가 허물을 벗듯 둘이 된 것이다.

"요물?"

글에서나 나올 법한 귀신인가?

확실히 허물을 벗듯 모습을 드러낸 전라의 여인의 몸은 선명하지 않았다. 굳이 설명을 하자면 물에 비친 허상처럼 보인다고나 할까?

분명 인간이 아니었다.

그사이 야현은 도인의 뒤를 덮쳐 팔로 그의 목을 감싸 조였다. 그리고 날카로운 송곳니로 목을 깨물었다.

"퀵!"

고통에 눈이 뒤집혀질 때 도인의 눈에 구석에 쓰러져 있는 한 인물이 눈에 들어왔다.

"오, 옥허자……."

어제부터 보이지 않던 곤륜의 또 다른 장로였다. 그런 생각이 머릿속에 떠오르는 동시에 의식이 흐릿해졌다.

털썩!

제법 살집이 있던 곤륜의 장로가 빼빼 마른 미라의 몸이 되어 바닥으로 떨어졌다.

야현은 곧바로 바닥에 앉아 가부좌를 틀며 눈을 감았다.

약 반 시진 후.

야현이 눈을 떴다.

"흠!"

깊은 신음.

"엘리."

야현의 말에 엘리가 스르륵 모습을 드러냈다.

"부르셨나요?"

"곤륜에 장로 말고 누가 있지?"

"옥자 배분 아래 유자 배 제자 다섯이 있습니다."

"그 다섯도 데려와."

"하아—."

엘리는 나직하게 한숨을 내쉬었다.

"알겠습니다."

하지만 야현의 명은 절대적인 것.

엘리의 몸이 증발하듯 사라졌다.

"왜 칼질에 학(學)자를 넣어 무학이라고 하는지 알겠군. 끙!"

중얼거림 뒤에 흘러나온 앓는 소리.

너무 깊다.

동시에 쉽사리 이해되지 않을 정도로 난해하다.

머릿속에 곤륜의 무학이 무수한데 그 의미를 알 수 없었다. 물론 겉핥기식으로 장로의 기억에 의지해 익힐 수는 있다.

'그 정도로는 안 돼.'

남궁기의 마지막 한 수.

염력을 이긴 미지의 힘.

곤륜 장로의 지식으로 그 수를 알아냈다.

이기어검.

검강, 그리고 검환, 그리고 이기어검.

마나 블레이드라 불리는 검강. 그리고 그 검강을 자유자재로 다루는 기사들의 정점, 마나 마스터.

무림에서는 화경, 혹은 극마지경.

그건 또 하나의 시작일 따름이었다.

남궁기는 그 단계를 뛰어넘은 자였다.

하나도 아닌 두 단계를.

어쭙잖게 익혀서 다시 상대할 자가 아니다.

"크크크크크!"

심장이 뛴다.

죽은 몸이니 심장이 뛸 리 없다.

그럼에도 야현은 심장이 뛰는 것을 느꼈다.

"크하하하하하!"

대소를 터트리는 야현의 두 눈에서 시퍼런 살기가 폭사되었다.

'죽이리라! 갈기갈기 찢어서!'


*          *          *


쐐애애액!

야월이 새하얀 궤적을 그리며 허공을 베었다.

평소 야현의 검답지 않게 고고했다. 그렇다고 유하지도 않았다. 고고하지만 패도적이다.

곤륜의 검, 태청검(太淸劍)이었다.

스으윽!

야월의 궤적 속에서 움직이는 야현의 신형은 바람을 거스르지 않고 자유로웠다.

곤륜의 상징 운룡대구식(雲龍大九式).

툭!

공간을 노닐고 고고하게 바람을 가르며 야현이 야월을
거뒀다.

"크크크."

음산하면서도 흡족한 웃음.

역시 기본이 중요했다.

곤륜의 기본이 되는 소청검을 익히고 태청검을 익혔다.
곤륜 도인들의 경험과 지식을 고스란히 얻었기에 야현은
빠르게 익힐 수 있었다.

문제는 곤륜 무학의 정수(精髓)다.

야현은 느꼈고, 알았다.

운룡대구식으로 공간을 점하며 고고하게 뿌려대던 검초
들이 그저 겉모습뿐이라는 것을.

내공의 문제이리라.

하지만 야현은 곤륜의 내공을 익힐 생각이 없었다.

자신은 이미 전진의 내공을 가지고 있다.

전진은 곤륜의 원류이기도 하니, 따로 익힐 필요는 없을
것이었다.

"다음은 화산인가?"

야현은 혀로 입술을 핥으며 야월을 아공간으로 넣었다.


팟!

검은 빛무리와 함께 화산의 휘염이 얼큰하게 취한 모습으로 나타났다. 옆구리에는 반쯤 벗은 기녀를 끼고 있었다.

"내가 취한 것인가?"

휘염은 달라진 풍경에 눈을 비비며 눈을 껌뻑였다.

"어?"

휘염은 한쪽 벽에 기대서 있는 야현을 보자 손가락으로 가리켰다.

"야 대인?"

"오랜만입니다."

야현이 휘염에게 다가가자 그는 비틀거리며 자리에서 일어났다.

"덕분에 잘 지내고 있습니다. 그나저나 화산에 한 번 들리시지도 않으시고, 무심하십니다."

휘염이 함께 딸려 온 탁자를 짚어 간신히 균형을 유지하며 말했다.

"모두들 잘 지내시지요?"

"그러지 말고 앉으시지요. 술 한 잔 따라드리겠습니다. 그런데 여기가 어디지?"

문득 이상함을 느낀 휘염이 고개를 갸웃거리며 눈에 힘을 줬다.

"⋯⋯!"

술이 조금 깨는 듯 주위를 살피던 휘염의 눈이 부릅떠졌다.

석실 한 구석에 쌓여 있는 시신을 본 것이다. 그리고 그 시신들의 소매에는 매화가 그려져 있었다.

그러고 보니 이삼일 사이로 사제 몇이 보이지 않았다.

히죽 웃음을 짓고 있는 야현의 미소를 본 휘염은 순간 등골이 서늘해졌다.

"서, 설마."

이상한 분위기를 느낀 휘염이 허리에 손을 가져갔다.

그러나 허리춤은 비어 있었다. 그제야 술을 마시다가 거추장스러워 검을 푼 사실이 떠올랐다. 휘염은 사색이 된 얼굴로 허둥지둥 일어나다가 취기에 비틀거리며 의자와 함께 바닥에 나뒹굴었다.

"크크크."

야현은 그런 휘염에게 바싹 다가갔다.

"야, 야 대인."

휘염이 야현을 불렀지만 돌아온 것은 정신을 잃을 정도로 강한 충격이었다.

퍽!

야현은 휘염의 턱을 차올렸다.

휘염은 턱이 부서지고 벽으로 날아가 처박히며 바닥으로 쓰러졌다. 야현은 그런 휘염을 염력으로 끌어당겼다.

"으으으으!"

무어라 말을 하는데 턱이 부서져 제대로 된 말이 흘러나오지 않았다.

야현은 그런 휘염을 향해 웃음을 보이며 목을 물었다.

"크하아악!"

야현은 밀물처럼 밀려오는 화산의 지식에 흡족한 함성을 포효했다.


"크윽!"

무당파 장로가 피가 빨리며 죽었다.

"하아."

엘리가 나직하게 한숨을 내쉬었다.

무당파 장로를 끝으로 몇 달 동안 고생해 포섭한 오파일 방의 사람들이 모조리 죽은 것이다.

그러나 복잡함을 담고 있던 입매가 야현을 보자 화사하게 변했다.

한 명, 한 명 지식을 흡수하며 야현의 기세가 하루가 다르게 변하고 있었기 때문이었다.

"크하아앗!"

광포하게 포효하는 야현을 뒤로하고 엘리는 연기처럼 모습을 감췄다.

*    *    *

"행적을 찾을 수 없다고?"

화산파 장문인 호염이 심각한 얼굴로 반문했다.

"모든 제자들을 풀어 알아보았지만……."

일대 제자 홍매화 군성의 대답에 호염의 얼굴이 더욱 어두워졌다.

일대 제자, 그것도 매화검수 셋에 장로 셋이 사라졌다.

처음 매화검수들이 사라졌을 때만 해도 본문의 눈을 피해 음주에 계집질이나 하는 줄 알았다.

화산파는 도가를 이었지만 속세 문파였기에 과하지만 않으면 그런 부분은 어지간하면 눈을 감아 주는 편이었다.

그래서 돌아오면 단단히 혼이나 내려던 참이었다.

그런데 장로 한 명이 사라지고, 둘이 사라지더니 셋이 사라졌다.

그제야 이상하다 싶어 대대적으로 제자들을 풀어 그들의 행적을 좇았지만, 하늘로 솟았는지 땅으로 꺼졌는지 아니면 그냥 사라지기라도 했는지 흔적이 거짓말처럼 뚝 끊겼다.

"장문인, 개방 방주께서 찾아오셨습니다."

어쩔 수 없이 개방에 의뢰를 넣었었다.

"안으로 뫼시어라."

그런데 개방 방주가 직접 올 줄 몰랐다.

"오랜만이외다."

개방 방주 걸취와 그 제자 걸개아가 안으로 들어왔다. 걸취는 카랑카랑한 목소리로 포권을 취했다.

"이렇게 친히 오실 줄은 몰랐소이다. 기별이라도 넣었으면 닭이라도 한 마리 잡아 놓았을 걸요."

호염의 말에 걸취가 손바닥으로 머리를 탁 쳤다.

"이런."

그러고는 초롱초롱한 눈으로 호염을 바라보았다.

"지금이라도 한 마리 잡지요. 게 밖에 아무도 없느냐?"

호염이 밖으로 소리치자 시녀가 안으로 들어왔다.

"닭 한 마리 잡아서 술상을 내오너라."

"한 마리로 누구 입에 넣는다고."

중얼거림.

그러나 작지 않은 목소리.

"네 마리 잡거라."

들으라 한 소리이니 호염은 피식 웃음을 지으며 시녀에

게 다시 말했다.

"네 마리면 만족하시겠소?"

"하하하하하. 내 이래서 호 장문인을 좋아하는 거 아닙니까."

"자자, 서서 이럴 것이 아니라 일단 앉읍시다."

호염은 걸취와 걸개아를 탁자로 안내했다.

"방주께서 이렇게 친히 올 줄은 몰랐습니다."

"화산파에 장로들과 제자들이 사라졌다는 말을 듣고 이렇게 직접 왔소이다."

장난기 가득하던 걸취의 표정이 진지하게 바뀌었다.

"본문을 그리 신경을 써 주셔서 감사할 따름이외다."

"사실은 말이외다."

걸취의 표정이 여간 심각한 것이 아니어서 호염의 표정도 진중해졌다.

"화산의 의뢰가 처음이 아니외다."

순간 호염의 안색이 딱딱하게 굳어졌다.

"그 말씀은……."

"곤륜에서 유자 배 제자 다섯, 그리고 옥자 배 장로 둘이 실종되었소이다."

"흠."

호염의 깊은 침음.

"무당파에서도 일대 제자 둘과 장로 한 명이 종적을 감췄소이다."

호염의 얼굴이 더욱 굳어졌다.

결코 가벼운 사안이 아니다.

화산만이 아닌 곤륜과 무당까지.

"필시 우연이 아닌 모양이외다."

호염의 말에 걸취가 고개를 끄덕였다.

"짐작이 가는 바가 있소이까?"

걸취는 고개를 저었다.

"마교 아니면 사도련 아니겠습니까?"

군성이 자신의 생각을 조심스럽게 드러냈다.

"글쎄다."

걸취의 말에 답답함이 느껴졌다.

"그래서 대대적으로 알아보려 하고 있소이다."

걸취의 말에 호염은 무겁게 고개를 끄덕였다.

"본문도 최대한 협조를 하겠소이다."

"고맙소이다."

"무림맹에도 이 사실을 알렸소이까?"

"알려 봐야 뭘 할 수 있다고."

걸취의 말에 호염도 쓴웃음을 지었다.

말이 좋아 무림맹이지 빈껍데기나 다름없었다.

"일단 소림과 아미에 전갈을 보내놓았소. 차후 상황을 보고 한 번 자리를 마련하겠소이다."

"그게 좋겠군요."

뭔가 떠오른 듯 호염이 입을 열었다.

"그러고 보니 작년쯤인가 남궁세가도 변을 당하지 않았소이까? 흉수를 찾지 못했지요?"

걸취도 그 사실을 알고 있었다.

오파일방의 일이 아니라 크게 관심을 두지 않았고, 남궁세가에서도 도움을 요청하지 않았기에 잊고 있던 사실이었다.

'야현이라 했나?'

걸취의 머릿속에 문득 그자가 떠올랐다.

위험하다 느낀 이.

"흠."

걸취의 입에서 무거운 침음이 흘렀다.

*　　*　　*

야현은 교하 진인이 남긴 두 권의 무학서를 내려다보며 조심스럽게 쓰다듬었다.

"영감."

그런 야현의 입가에 이제껏 볼 수 없었던 따뜻한 미소가 지어져 있었다.

"설마 본인이 이걸 익히게 될 줄은 몰랐어. 영감도 그리 생각하지?"

야현은 아공간에서 화주 한 독과 막사발 두 개를 꺼냈다. 그리고 두 막사발에 술을 넘치도록 따랐다. 그러고는 단숨에 한 잔을 쭉 비웠다.

"크으. 좋다."

야현은 소매로 입가에 묻은 술을 닦았다.

"어때, 좋지?"

야현은 맞은편에 놓아둔 술잔을 바라보았다.

"왜?"

야현이 눈살을 찌푸렸다.

"너무 그렇게 보지 말라고. 나름 인간답게 살아가려고 노력하고 있으니까."

야현은 쓴웃음을 지으며 잔을 채웠다.

"그래도 살다 보면 어쩔 수 없는 때도 있잖아. 안 그래? 불가항력. 크크크크."

말을 하다 말고 야현은 뭐가 그리 웃긴지 웃음을 터트렸다.

"나 제법 유식해졌지? 불가항력이란 단어도 쓸 줄 알

고."

그렇게 야현은 홀로 중얼거리듯 앞에 놓인 술잔과 대화를 나눴다.

그렇게 술독이 비었다.

"보고 싶다. 영감."

야현은 바닥에 팔베개를 하며 누웠다.

제11장

**다다익선이라고 했습니다**

*Vampire*

"하늘로 솟았는지 땅으로 꺼졌는지⋯⋯. 분명 사람이라면 남겨야 할 그 어떤 흔적도 찾을 수 없었습니다."

걸개아가 어두운 표정으로 보고했다.

"휴우—."

답답한 건 걸취도 매한가지.

흔적이라는 것은 꼬리에 꼬리를 무는 것처럼 이어지는 것이 당연한 상식. 그런데 드러난 흔적은 많은데 이어지는 것은 하나도 없었다.

사방이 꽉 막힌 공간에 서 있는 느낌이었다.

'왜 이 순간에 그자가 떠오르는 거지?'

야현이 떠올랐다.

'음?'

"걸개아야."

"예, 스승님."

"그 야현이라는 놈. 혼례를 치른다고 했지?"

"예. 모용가, 제갈가, 당가의 여식들이랑 혼례를 치른다고 합니다."

꽤나 화제가 된 일이라 모르려야 모를 수가 없었다.

"죽은 남궁가의 소가주가 당가의 여식을 사모했었고?"

"그렇기는 했었습……"

"뭔가 냄새가 나."

육감이 자꾸 야현을 가리킨다.

정황상 아무런 관계가 없음에도 불구하고.

"본방의 모든 역량을 동원해서 그놈의 행적을 샅샅이 훑어라."

"알겠습니다, 스승님."

걸개아가 사라지고 걸취는 뒷짐을 진 채로 다리 밑으로 흘러가는 개천을 바라보며 깊은 생각에 잠겼다.

\* \* \*

가부좌를 틀고 있는 야현의 주위로 은은한 정광이 감돌 았다.

"후우—."

야현은 깊은숨을 내쉬며 눈을 떴다.

사기 짙은 안광 속에 정명한 기운이 감돌다 사라졌다.

"이제 한 걸음 내디딘 것인가?"

야현의 얼굴에는 기쁨보다는 고민이 더 크게 자리 잡고 있었다.

그 이유는 바로 내공 때문이었다.

야현이 가진 내력은 반 갑자에도 채 미치지 못했다.

그나마 위안이 되는 것은 몇십 년간 꾸준히 토납법에 가까운 내공심법을 익혔기에 단전만큼은 탄탄하다는 것이었 다.

"크크크."

야현은 고민에 잠겼다가 느닷없이 웃음을 터트렸다.

좋은 방법이 떠오른 것이다.

내력을 채울.

야현은 허공을 찢고 공간을 넘었다.


목욕을 마치고 전라 차림으로 욕간에서 나온 제갈지소의 앞에 야현이 나타났다. 제갈지소는 재빨리 몸을 가리려 했지만, 마땅히 가릴 것이 없었기에 당황한 표정을 드러내며 몸을 움츠렸다.

야현은 제갈지소의 몸을 아래로 훑으며 의자에 앉았다.

"……잠시만 기다리세요."

제갈지소는 가볍게 몸을 가리고 다시 나왔다.

"어쩐 일이세요?"

"물어볼 것이 있어서."

제갈지소가 자리에 앉자 야현이 바로 본론을 꺼냈다.

"곤륜과 화산의 영약에 대해 말해 봐."

"영약?"

제갈지소의 눈빛이 반짝였다.

"그래."

"일단 곤륜에는 소양단(少陽丹)과 태양단(太陽丹)이 있어요. 그리고 화산에는 자소단(紫疎丹)이 있어요."

"수준은?"

"태양단은 소림의 대환단(大環丹)이나 무당의 태청단(太淸丹)과 비슷하다는 평을 받고 있어요. 조제된 영약 중에서는 수위를 다퉈요. 자소단은 태양단과 소양단 중간쯤으로 평가되고 있어요."

"태양단과 자소단이라."

야현은 턱을 쓰다듬으며 묘한 미소를 지었다.

"설마……."

제갈지소의 눈이 동그랗게 변했다.

"그 설마가 맞을 거야."

야현은 자리에서 일어났다.

그러고는 그 자리에서 허공을 찢고 사라졌다.


휘이이잉!

메마른 바람이 휘몰아치는 곤륜산 정상.

야현은 정상 아래로 보이는 수십 채의 전각을 내려다보았다.

곤륜파.

수십 채의 전각 중에 유달리 야현의 눈에 띄는 세 채의 전각이 있었으니 태청, 옥청, 상청으로 이뤄진 삼청전이었다.

야현은 그늘에 앉아 밤이 오기를 기다렸다.

얼마 지나지 않아 밤이 되고 곤륜파 전경 곳곳에 횃불이 켜졌다.

자정이 넘어가자 곤륜파 내 순찰을 도는 이들 외의 인적이 사라졌다. 그리고 조금 더 시간이 흐르자 삼청전의 불도 꺼졌다.

"가 볼까?"

야현은 어둠 속으로 몸을 숨겼다.

곤륜파 장문인이 기거하는 상청 지붕 위에 야현이 모습을 드러냈다.

"보자."

야현의 동공이 붉게 확장되었다.

권능, 투시.

야현은 지붕 위를 소리 없이 걸으며 상청전 안으로 살폈다. 그러던 중 야현의 입꼬리 한쪽이 슬쩍 말려 올라갔다.

장문인이 잠든 침상 아래로 이어진 계단을 발견한 것이다.

비고(秘庫)다.

깊지 않은 계단을 따라 내려가면 두꺼운 철문이 나오고, 그 철문 아래 제법 큰 공간이 보였다. 공간 안에는 수십 권의 서책과 몇 자루의 병기, 그리고 소소해 보이는 몇 가지 물품들이 보였다.

야현은 허공을 찢어 곤륜파 비고로 내려갔다.

비고에 모습을 드러낸 야현은 자그만 선반 앞으로 향했다.

제법 큰 목함을 열자 금박으로 싼 환 알이 들어 있었다.

"흠."

목함에 벤 청아한 향에 야현은 기분 좋은 표정을 지었다.

"끄응."

야현은 순간 앓는 소리를 삼켜야 했다.

무엇이 태양단이고, 어느 것이 소양단인지 구별할 수 없어서였다.

고민도 잠시.

히죽.

야현은 웃었다.

뭘 고민하랴.

다다익선(多多益善)이라 했다.

다 가져가면 되는 것을.

야현은 목함 안에 있는 스무 알이 조금 못 되어 보이는 환들을 아공간에 넣었다. 그리고 바로 허공을 찢고 화산으로 향했다.


"하아―."

제갈지소는 멍하니 서류를 내려다보다 한숨을 푹 내쉬었다.

잠시 후 뺨에 발그레 홍조가 피었다.

톡톡!

탁자를 두들기는 소리에.

"학!"

제갈지소는 놀라 헛바람을 들이마시며 고개를 들어 올렸

다.

"뭘 그리 생각하기에 본인이 온 것도 모르나?"

"아닙니다."

제갈지소는 정색을 하며 쌀쌀한 목소리로 대답했다.

탁!

야현은 아공간에서 하나의 목함을 꺼내 탁자 위에 올려놓았다.

"뭐가 소양단이고 뭐가 태양단이지? 이런."

야현은 목함을 열었다가 눈가를 찡그렸다.

생각 없이 한곳에 자소단까지 담아 버린 것이다.

그리고 금박 포장까지 비슷비슷해 뭐가 뭔지 구별하기 모호하게 뒤섞여 버렸다.

그에 반해.

"헙!"

제갈지소의 눈이 휘둥그레졌다.

그녀는 잠시 환을 내려다보다 야현을 올려다보았다.

청아한 향이 은은하게 흘러나오는 것으로 보아 영약, 영단이 맞았다.

"왜?"

"서, 설마."

제갈지소의 물음에 야현이 웃음을 지었다.

"맞아. 다 가져왔어."

"하지만 어떻게……."

이런 영약이 일반 창고에 보관될 리 없다.

장문인의 손에 철두철미하게 관리되는 비고에 소중하게 보관되어 있을 것이다.

"일족의 권능. 잠시 잊은 모양인데, 본인이 왕이야."

"투시, 이동."

"빙고."

야현이 한쪽 눈을 감으며 말했다.

\* \* \*

석실 중앙.

후우우우—

가부좌를 튼 야현의 몸 주위로 회색빛 운무가 만들어지고 있었다. 정명한 기운을 가졌음에도 야현의 사기와 만나 회색으로 변한 것이었다.

회색빛 운무가 야현의 코를 통해 스며들기 시작했다.

서서히 스며들던 운무가 갑자기 폭풍처럼 야현의 몸을 휘감았다.

"큭!"

야현이 고통에 찬 신음과 함께 두 눈을 부릅떴다.

그러자 회색 운무는 마치 아귀처럼 야현의 몸을 우악스럽게 파고들었다.

"끄으!"

고통을 참기 위해 이를 악다문 야현의 얼굴은 야차처럼 일그러져 있었다. 강압적으로 몸과 코로 파고든 운무 때문에 야현의 얼굴과 몸의 혈관들이 터질 듯 부풀어 올랐다.

"푸학!"

결국 운무, 집성된 기의 힘을 이기지 못한 야현이 피를 토하며 뒤로 쓰러졌다.

"꺼억! 꺼억!"

야현은 몸을 부들부들 떨었다.

주화입마였다.

과다한 영약 섭취로 급작스럽게 늘어난 내력을 몸이 이겨내지 못한 탓이다.

쩌적! 쩌저적!

결국 몸이 버텨내지 못하고 피부가 갈라지며 온몸에서 검은 피가 흘러내렸다.

"크흐으으!"

야현은 송곳니를 드러내고 짐승의 울음을 토해내며 몸을 틀었다.

"크하악!"

야현의 울음이 터지자.

끼익!

폐관 수련실 석문이 열리고 흉측한 검상을 가진 사내가 안으로 던져졌다.

"크르르르!"

야현은 완전히 붉게 변한 눈으로 사내를 쳐다보았다.

"히익! 사, 살려 주십시오! 살려 주십시오!"

사내는 붉게 변한 몸에 핏줄까지 불룩불룩하는 야현의 흉악스러움에 단숨에 공포에 사로잡혔다. 그래서인지 손가락에 피가 나도록 석문을 긁으며 살려 달라 울부짖었다.

퍽!

그러는 사이 야현은 폭발적인 힘으로 사내를 벽으로 밀어버렸다. 그러고는 짐승이 먹이를 먹는 것처럼 사내의 몸에 송곳니를 박고 피를 빨았다.

사내의 피를 흡수하기 시작하자 날뛰던 혈관들이 가라앉기 시작했다. 찢어진 혈도가 피의 힘으로 복구되었기 때문이었다. 이내 부풀어 올랐던 핏줄이 가라앉고 붉어진 피부가 뱀파이어 특유의 창백한 색으로 돌아왔다.

야현은 그 자리에서 다시 가부좌를 틀고 앉아 여전히 몸에서 야생마처럼 날뛰는 내력을 다스렸다.

다시 회색빛 운무가 야현의 몸에서 빠져나왔다가 다시 코를 통해 스며들기를 몇 차례.

번쩍!

운기를 마친 야현이 눈을 뜨자 회색빛 안광이 폭사되었다.

"하하하!"

야현은 웃음을 터트리며 석실 구석으로 다가가 목함을 열었다.

서른 알 남짓하던 영단이 다섯 알만 남아 있었다.

야현은 그 자리에서 영단 다섯 알을 까 입에 넣었다.

순식간에 액체로 변한 영단이 목으로 넘어갔다.

"큭!"

야현은 눈가를 슬쩍 찡그리며 다시 바닥에 앉아 가부좌를 틀었다. 그리고 내력을 끌어올려 현문정종심법의 구결에 따라 운기조식을 시작했다.


야현은 석실 중앙에 야월을 들고 서 있었다.

휘익!

느리게 허공을 잘랐다.

느리지만 무겁다.

중검.

그리고 장엄하다.

쿠아아악!

무겁고 장엄한 검에 야현 특유의 성정이 담겼다.

패도(覇道).

패검(覇劍).

슥— 스슥

야현의 야월을 휘두르며 발을 내디뎠다.

검은 무거운데 걸음걸이는 가볍다.

바람 한 줄기에 몸을 실은 듯 움직임이 자유로웠다.

야현의 움직임은 마치 곤륜의 운룡대구식처럼 보였다.

아니다.

운룡대구식처럼 보이는데 자세히 보면 달랐다.

가볍고 자유로운 움직임 속에 신속(迅速)이 담겼다. 향기
조차 남기지 않는다는 화산의 암향표(暗香飄)의 묘리와도 비
슷했다. 그런데 이것 또한 화산의 암향표와는 달랐다.

운룡대구식도 아니요 암향표도 아니다.

운룡대구식과 암향표를 아는 이가 봤다면 두 보법보다 뭐
라고 할까, 좀 더 원초적인 느낌을 받았을 것이다.

야현의 내딛는 걸음.

보(步).

그건 전진의 보, 천산행(天山行)이었다.

그런데 자유로움 속에서 표출되던 신속이 어느 순간부터 달라지기 시작했다. 신속(迅速)이 신속(神速)이 되어 암울함과 음산함이 담긴 것이다.

자유로움에 귀기가 섞이고, 표홀함이 음산함을 띠었다.

팟! 파바밧!

빠르게 석실을 누비던 야현의 모습이 마치 불이 들어왔다가 꺼졌다를 반복하는 것처럼 사라지고 나타나기를 반복하기 시작했다.

권능, 어둠의 이동이었다.

사방을 어지럽게 움직이던 야현이 석실 중앙에 다시 서며 검무를 이어갔다.

고오— 후우웅!

달라진 점이 있다면 매끈한 야월의 검신에 탁한 회색 강기가 담기기 시작했다는 것이다.

처음에는 검기였다.

야월의 검이 마치 번개를 담은 구름이 따라다니는 듯 울음을 토해내며 공기를 갈라 갔다.

검기는 검사(劍絲)로, 검사는 검강으로.

무형의 강기가 서서히 유형으로 바뀌어 갔다.

쾅!

검강을 담은 야월이 석실의 벽면을 쳤다.

묵직한 파음과 함께 석벽에 깊은 상처가 만들어졌다. 그 일격이 시작이었다.

한없이 느리던 야월이 한순간이지만 한쪽 석면을 가득 채우는 것이 아닌가.

시퍼런 회색 강기가 단숨에 벽면을 뒤덮었다.

콰과과과과과광!

석실이 뒤흔들릴 정도로 큰 폭음과 함께 천장에서 돌가루가 우수수 떨어졌다.

그렇게 석벽 한 쪽에 빼곡한 상처를 남긴 야현의 움직임이 멈췄다.

야현은 마주 선 석벽을 지그시 바라보았다.

붉은 동공을 가진 눈에서 짙은 회색 안광이 터졌다.

쿠오오오오!

야현을 중심으로 무형의 기운이 회오리처럼 일었다.

스윽!

야현이 야월을 세우며 보폭을 넓혔다.

히죽.

송곳니를 드러낸 음산한 웃음.

동시에 거센 바람 앞에라도 선 것처럼 야현의 옷자락이 찢어질 듯 거세게 펄럭거렸다.

회색빛 검강의 색이 점점 검게 짙어졌다.

야현의 마지막 한 수.

전진이 무림을 호령할 수 있었던 무결, 선천공(先天功).

선천공은 자연의 기운을 한순간 흡수해 가진 내력과 융화시켜 일순간 폭발적으로 내력을 극대화시키는 내공심법이었다.

고통을 참아내는 듯 부르르 떠는 검강이.

푸학!

한순간 두 배의 크기로 커졌다.

색은 짙어질 대로 짙어져 완벽히 검은 빛을 띠었다.

……!

사방을 휘몰아친 바람도, 펄럭이던 야현의 옷자락도 흡사 시간이 정지한 것처럼 멈췄다.

동시에 무거운 정막이 석실 안으로 가라앉았다.

마치 아무것도 존재하지 않는 공간에 서 있듯.

"크하앗!"

야현의 일갈.

질식할 듯 무거운 정막이 단번에 깨졌다.

검은 검강이 석벽을 베었다.

……!

허공을 베어도 파음이 인다.

그 어떤 파음이라도 있어야 정상이거늘, 자그만 잡음도

없었다.

"크크크."

야현의 웃음만이 석실에 울릴 뿐이었다.


제갈지소는 정신적 피로감에 자리에서 일어나 문을 열고 마당으로 나갔다.

뜨거운 태양에 불쾌한 듯 낯을 찡그린 것도 잠시, 이내 불어 온 차갑지만 시원한 바람에 이내 미소를 지었다. 그러다 문득 무언가가 생각이 난 듯 고개를 돌려 가주전 뒤에 자리하고 있는 돌산을 쳐다보았다.

저 평범해 보이는 돌산 중턱에는 가주실에서 이어지는 가주 폐관 수련실이 있었다. 야현이 폐관 수련실에 들어간 지 어느덧 삼 개월이 훌쩍 넘었다.

몸이라도 상하는 것이 아닌가 하는 생각이 들었다가 이내 스스로가 어이없는 듯 실소를 머금었다.

야현은 뱀파이어다.

인간이 아닌 그가 몸이 상할 리 없다.

그러다 문득 다시 표정이 굳어졌다.

은연중 야현을 신경 쓰는 자신의 모습이 낯설면서도 불쾌해졌기 때문이었다.

"쳇."

머리를 식히려 나왔다가 괜히 기분만 나빠졌는지 혀를 차며 가주실로 몸을 돌렸다.

그리고 다시 가주실로 들어가려는 그때.

구르릉!

땅 지축이 흔들렸다.

'지진?'

토신의 노여움인가 싶어 잠시 걸음을 멈췄다.

'아닌가?'

가만히 기다려도 짧은 울림만 있었을 뿐 땅은 잠잠했다. 착각인가 싶어 다시 걸음을 내디디는 순간.

구르르르릉!

땅이 다시 울렸다.

울림의 크기는 조금 전과는 비교도 할 수 없을 정도로 컸다. 그 울림이 얼마나 컸으면 제갈세가 본가 건물들이 몇 차례 흔들릴 정도였다.

무공을 익히지 않은 범인이라면 제대로 균형을 잡지 못하고 정도로 흔들림은 급격했다.

그리고 그 흔들림이 멈췄다고 생각했을 때.

오르르르— 콰과과과과과과광!

돌산 중턱이 터졌다.

흡사 관군이 사용하는 철포 수백 문이 일제히 돌산을 향해 포를 쓴 것처럼.

제갈지소의 눈이 부릅떠졌다.

돌산 중턱.

그곳은 제갈세가 가주의 폐관 수련실이 위치한 곳.

제갈지소는 가주실 지붕을 밟으며 돌산으로 몸을 날렸다.

그런 제갈지소 앞뒤로 제갈세가 본가를 지키는 구궁천기대 몇몇 제자들이 돌산을 향해 나아가고 있었다.

그러는 사이 돌산 한쪽이 완전히 무너져 내렸다.

그리고 제갈지소를 선두로 제자들이 돌산 중턱에 도착했다.

무너진 중턱 중앙에 커다란 구멍이 보였다.

저벅 저벅 저벅!

그 구멍 사이로 한 사내가 걸어 나왔다.

"오랜만이야."

히죽 웃음을 짓는 자, 야현이었다.

제12장

## 죽을 시간이 되었습니다

챙! 차장!

다른 곳도 아닌 가주실 뒤 돌산이다.

그 돌산이 무너지고 나타난 야현, 그의 등장에 제갈세가의 경비를 책임지고 있는 구궁천기대 제자들이 일제히 검을 뽑았다.

"누구냐?"

구궁천기대주 제갈영도가 나서서 서릿발 같은 눈빛으로 소리쳤다.

"괜찮아요."

제갈지소가 손을 들어 구궁천기대 제자들을 뒤로 물렸다.

"아시는 자입니까?"

"미처 인사를 나눌 자리를 마련하지 못한 제 잘못이군요. 가주가 되실 분이에요."

그 말인즉슨 제갈지소와 혼례를 치른다는 분.

야현을 향해 한 걸음을 내딛던 제갈지소의 몸이 허공으로 떠오르더니 급격히 그의 품으로 빨려 들어갔다.

염력이었다.

"본인이 보고 싶지 않았고?"

야현은 제갈지소를 품에 안으며 담담한 미소를 지었다.


가주 침실.

"어떻게 한 거죠?"

제갈지소는 야현이 들어서자마자 물었다.

"본인의 내력이 얼마인지 아나?"

제갈지소는 야현의 몸을 살폈다.

마치 텅 빈 듯 아무것도 느낄 수 없었다.

"오 갑자."

일 갑자에 육십 년이니 삼백 년의 내공을 가지고 있다는 뜻.

"그게 가능한가요?"

"본인이 먹은 영단만 서른 알이야. 무인들이라면 평생 향이라도 맡아보고 싶어 하는."

"그렇지만."

"가능해. 고통이 따르겠지만."

"……?"

"목이 잘리지 않는 이상 우리는 불사의 존재야. 혈도가 찢어지고 단전이 찢어져도 인간과 달리 우리는 빠르게 회복할수 있지."

인간의 피.

제갈지소의 눈동자가 커졌다.

생각지도 못한 방법이다.

"다만 피가 많이 필요하고, 죽고 싶을 정도로 고통이 뒤따르지만."

야현은 제갈지소를 바라보며 말을 이었다.

"제갈세가에도 영단이 있지 않나?"

없을 리 없다.

영단뿐만 아니라 소수의 영약도 구비되어 있다.

"강해지고 싶으면 먹어. 아."

야현이 뭔가 생각이 난 듯 다시 말을 이었다.

"햇빛 아래서도 제법 힘을 쓸 수 있지?"

야현은 뱀파이어 왕국 근위 기사단장의 권능, 태양의 축복을 제갈지소에게 허락해 주었다.

제갈지소는 고개를 끄덕였다.

그 축복에 제갈지소는 전과 달리 낮에도 무기력함을 느끼지 못했다. 물론 어두운 밤보다야 못하지만 태양 아래 자유롭다는 것은 진정 큰 힘으로 다가왔다.

"가주님, 목욕 준비가 끝났습니다."

침실로 이어지는 욕간 문이 열리고 시녀가 허리를 숙였다.

"알았어."

제갈지소가 턱으로 나가라는 뜻을 전했고, 그러는 사이 야현은 때에 찌든 옷을 벗었다.

야현은 전라의 몸으로 욕간으로 들어갔다.

욕조의 뜨거운 물로 인해 욕간은 수증기로 가득 차 있었다. 김이 모락모락 나는 나무로 만들어진 욕조에 야현이 몸을 담그고 있었다.

"좋구나."

뱀파이어 특유의 차가움을 싫어하는 야현은 병적으로 따뜻함을 좋았다. 술과 차를 항상 입에 달고 살아가는 이유이기도 했다.

"아무도 없느냐?"

야현은 목소리를 높여 누군가를 불렀다.

"부르셨나요?"

침실 쪽에 난 문이 열리고 제갈지소가 안으로 들어왔다.

"목욕 시중을 들 시녀들이 왜 없지?"

야현의 말에 제갈지소가 미간을 찡그렸다.

"그리고."

야현이 고개를 돌려 제갈지소를 바라보았다.

"밤 시중도 들 시녀로 데려와."

야현은 그다지 색을 밝히지는 않지만 석 달간의 고된 수련 후 맞이하는 평안한 휴식과 온몸이 노곤해지는 따뜻함에 여인의 살 내음이 생각난 것이다.

"여기는 가주 침소예요. 그게 가능하리라 생각하시나요?"

제갈지소의 목소리에 가시가 담겼다.

"그럼 그대가 시중을 들어."

제갈지소가 입술을 지그시 깨물었다.

"소녀가 주군의 시중을 들 일은 없을 겁니다."

그 말에 야현의 눈가가 일그러졌다.

"시녀도 데려오지 못해, 그렇다고 그대가 시중을 들지도 않아."

야현은 욕조에서 몸을 일으켜 세웠다.

"컥!"

제갈지소의 몸이 허공으로 떠올랐다.

무언가가 목을 죄고 있는지 연신 손으로 목을 긁으며 발버둥을 치며 괴로워했다.

"끄으."

제갈지소의 몸이 야현 앞으로 끌려왔다.

"그동안 본인이 그대에게 너무나도 잘 대해 준 모양이야."

"자, 잘못…… 용서를……."

쿵!

제갈지소의 몸이 바닥으로 쓰러졌다.

"엘리."

야현은 서큐버스 엘리를 불렀다.

잠시 후 허공으로 엘리가 모습을 드러냈다.

"이게 무슨 일이래."

엘리는 바닥에 쓰러져 괴로워하는 제갈지소의 모습에 놀란 모양이었다.

"목욕 시중 들어."

야현은 다시 욕조에 몸을 담갔다.

"호호호. 제가 오랜만에 깨끗하게 씻겨드리겠사와요."

엘리는 농염한 웃음을 터트리며 옷을 벗었다. 그러면서 한쪽 발로 제갈지소의 허벅지를 툭툭 쳤다. 스쳐 지나가듯 제갈지소와 눈을 마주하며 엘리는 빨리 나가라는 눈짓을 준 후 욕조로 들어갔다.

제갈지소는 힘없는 발걸음으로 욕간을 나와 문을 닫았다.

"아흑!"

안에서 엘리의 비음 섞인 신음이 들려 나왔다.

제갈지소의 눈에 붉은 눈물이 핑 돌았다. 입술을 깨문 제갈지소는 한동안 어깨를 떨며 울었다.


가주실 옆 자그만 정자에 제갈지소가 홀로 술잔을 기울이고 있었다. 빈 잔을 채우려는 그때 매끈하고 새하얀 손이 술병을 낚아챘다.

엘리였다.

"무슨 청승이야."

엘리는 제갈지소 옆에 앉으며 그녀의 잔을 채워 주었다.

살가운 그녀의 목소리에 제갈지소는 짐짓 벽을 쌓는 듯한 표정을 지었다.

그 모습에 엘리는 갈잖아하는 미소를 지으며 제갈지소의 잔을 들어 한 잔 쭉 마셨다.

"좋은 술이네."

"몽마라고 하지 않았나요?"

"맞아."

"그럼 귀(鬼)일 텐데 술맛을 아나요?"

"나야 못 느끼지. 이 육신이 느끼는 거고."

엘리가 자신을 가리켰다.

"그런데 왜 그랬어?"

엘리는 제갈지소의 잔을 다시 그녀 앞에 놓으며 술을 따랐다.

"……."

잔으로 가져가던 제갈지소의 손이 잠시 멈칫거렸다.

"뭐가요?"

"어디 나를 속여."

엘리는 싱글벙글한 웃음을 지으며 제갈지소를 바라보았다.

"당신은 제가 재미있나요?"

"그냥…… 귀엽다고나 할까?"

제갈지소는 인상을 쓰며 잔을 비웠다.

"네 마음은 알겠는데, 앞으로 그러지 마. 주군께서 그리하실 거라 알고 있었잖아? 그러다 정말 죽어. 이건 충고야."

"제 마음이 어떤 건데요?"

"귀엽네."

엘리는 빈 잔을 넘겨받아 술을 채우고 비웠다.

"이년아. 나 몽마야, 몽마. 사랑의 정기를 먹고 살아가는. 어디 속일 데가 없어 나를 속이려 그래?"

"훗."

제갈지소가 그런 엘리를 바라보다가 피식 웃음을 터트렸다.

"왜?"

"그냥."

"그냥?"

"그래, 그냥."

"말이 반 토막이다."

"그래서?"

제갈지소는 술병째 한 모금 마셨다.

"그냥 언니 같아 보여서."

"아주 지랄이 염병이구만."

엘리는 제갈지소를 빤히 쳐다보며 말을 이었다.

"앞으로 어떻게 할 거야?"

"뭐를?"

"아주 귀신을 속여라, 속여."

제갈지소의 얼굴에 희미하지만 쓴웃음이 지어졌다가 사라졌다.

"내가 근 백 년간 주군을 모셔 봐서 아는데. 그냥 네가 덮쳐."

"무슨 말을 하는 거지?"

제갈지소의 말이 차가워졌다.

"그럼 왜 목욕 시중 드는 시녀들을 치웠어?"

"그건."

제갈지소는 말문이 막힌 듯 입을 닫았다.

"내가 뱀파이어들을 많이 봐서 아는데, 주군과 너는 피로 이어졌어. 그 말은 어떤 형태로든 그에게 끌리게 되어 있다는 뜻이야. 다른 이들이 충성으로 표출되었다면 너는 사랑이겠지."

"그럴 리가……."

"나는 속여도 너 스스로는 못 속여."

엘리가 진지한 표정으로 말했다.

"네깟 것이 무얼 안다고."

제갈지소가 차가운 시선으로 엘리를 노려보았다.

더러운 것을 바라보는 듯한 눈빛.

엘리는 피식 웃음을 지었다.

"나야 원래 이렇게 태어난 존재고. 그래도 말이다."

엘리는 제갈지소를 향해 얼굴을 가져가 턱을 괴었다.

"창녀에게도 순정이 있듯, 이렇게 태어난 우리에게도 순정은 있어."

제갈지소는 흠칫 몸을 떨었다.

그러고는 약간 흔들리는 눈으로 엘리를 쳐다보았다.

"그 눈빛이 더 기분 나빠."

엘리는 자리에서 일어났다.

"그래도 조금은 기뻐해도 돼."

"……?"

"주군께서 굳이 너를 품지 않았다는 것은 그만큼 너를 존중해 주고 있다는 뜻이니까."

제갈지소의 눈동자가 다른 의미로 흔들렸다.

"나간다. 어디 맛있는 사내가 없으려나?"

그 말을 흘리며 엘리는 사라졌다.

그녀가 사라지고.

제갈지소는 다시 홀로 술잔을 들었다.

그녀의 표정은 엘리가 오기 전보다 한결 가벼워져 있었다. 아니, 그녀는 몰랐으나, 그녀의 입술에 희미하지만 기쁜 미소가 지어져 있었다.

＊　　　＊　　　＊

이름 없는 하천이 흐르는 모래사장.

모닥불 하나가 피워져 있었고, 그 앞에 개방 방주 걸취가 반쯤 누워 호로병에 담긴 술을 마시고 있었다. 상당히 술을 마셨는지 얼굴은 발그레하게 달아 있었다.

"스승님."

소방주 후개 걸개아가 하천 모래사장으로 들어왔다.

"흔적을 찾았습니다."

"응?"

걸취의 얼굴에서 취기가 사라졌다.

"죽은 남궁강과 야현의 접점을 찾아냈습니다."

이어진 걸개아의 말에 걸취가 자리에서 빠르게 일어나 앉았다.

"목격자를 찾았단 말이냐?"

"그렇습니다."

"누구냐?"

"요녕성과 하북성 경계에서 활동하는 한 사냥꾼입니다."

걸취는 무릎을 탁 쳤다.

"드디어!"

걸취는 기쁨의 감탄사를 터트리며 걸개아를 재촉했다.

"남궁강이 자그만 객잔 하나를 전세 놓을 때 그 자리에 있었고, 객잔을 나와 사냥터로 향할 때 야현이 탄 마차를 보았고, 사냥을 하다 호기심에 산에서 객잔을 내려다보았는데 마차가 객잔에 멈추는 것을 보았다고 합니다."

"산에서?"

걸취는 마지막 말이 살짝 걸리는 모양이었다.

"사냥꾼인지라 시력이 범인답지 않게 매우 뛰어났습니다. 그리고 혹여나 착각인가 싶어 그 시력도 확인했다고 합니다."

"혹 다른 일행은 못 봤다고 하더냐?"

"일행까지는 확인할 수 없었다고 합니다."

아쉽지만 끈을 잡았다는 것이 더 중요했다.

하지만 기쁨도 잠시.

지금 더 중요한 것은 화산과 곤륜의 흉수.

"그 녀석이 틀림없을 것 같은데."

걸취는 야현을 머릿속으로 떠올리며 중얼거렸다.

"가만."

중얼거리던 걸취는 다시금 떠오른 기억을 끄집어냈다.

"검성께서 야풍장으로 향했었지?"

"……스승님."

"거들 말이라도 있는 게냐?"

"그 일로 알아보다가 우연히 알게 된 사실인데……."

"무엇이냐?"

"두어 달 전 검성께서 온몸에 상처를 입고 표국을 통해 남궁세가로 돌아갔다고 합니다."

"뭐라?"

적잖게 놀란 탓인지 걸취의 목소리가 커졌다.

그때면 야풍장에 방문했을 시기.

기억의 조합으로 유추해 보면 야현에게 남궁기가 패했다는 소리인데.

"아니야, 그럴 리는 없어."

걸취는 고개를 저었다.

남궁기는 무림에서 까마득히 올려보아야만 볼 수 있는 빛나는 두 개의 별 중 하나.

검의 별, 검성이다.

그럼 무슨 일이 있었던 것일까?

누구인가?

검성을 쓰러트린 이가.

"한 번 알아볼까요?"

걸개아의 목소리가 걸취의 상념을 깨트렸다.

"아니다. 지금은 화산과 곤륜, 무당에 집중해야지."

검성이라고 해도 오대세가의 인물.

"차후 봐서 찾아가도록 하자."

남궁기가 패했으니 남궁세가의 분위기도 안 좋을 터.

"일단 야현에 대해 더 파보고, 곤륜과 화산, 무당에서 그의 흔적을 찾아봐."

"그자를 말입니까?"

"내 직감이 그를 가리키고 있어."

"알겠습니다, 스승님."

걸개아가 걸취를 잠시 쳐다보다 허리를 숙였다.

　　　　　　*　　　*　　　*

노을이 질 무렵.

제갈지소가 그녀의 침소로 들어왔다.

침상에는 야현이 누워 있었다.

"혼례 날짜가 잡혔어요."

제갈지소는 야현에게로 다가가 말했다.

"언제지?"

"보름 후예요."

"장소는?"

상당히 무심하게 들리는 반문이었다.

"야풍장에서 하기로 했어요."

야현은 그제야 고개를 돌려 제갈지소를 쳐다보았다.

"그 사실을 흑오에게도 전해 놓았어요."

"혼례 날 다시 모이겠군."

"그럴 거예요."

야현은 그제야 침상에서 몸을 일으켜 세웠다.

"어디에 가시려고."

제갈지소는 침상에서 일어나 무복을 입는 야현을 보며 물었다.

"혼례를 치르기 전에 처리할 일이 있어."

그 일이 뭘까 고민하던 제갈지소가 눈을 동그랗게 떴다.

"설마."

"맞아. 남궁기."

제갈지소는 걱정 어린 눈으로 야현을 쳐다보았다.

당시 상황을 야현에게서 들었다.

미뤄 짐작한바 검성 남궁기는 화경의 경지를 깨고 현경에 들어선 것이 분명했다. 물론 완전히 들어선 것은 아니라 판단이 되지만 화경의 벽을 깼다는 것만으로 더더욱 중원에서 적수를 찾기 힘들 것이다.

아마 이 사실이 알려지면 일존, 일제와 어깨를 나란히 할 별호가 지어질 것이 분명했다.

"본인을 걱정하는 것인가?"

야현은 그런 제갈지소에게로 바투 다가서며 뺨을 쓰다듬었다.

"……좋든 싫든 주군은 회의 중심입니다."

제갈지소는 한걸음 뒤로 물러나며 말했다.

"명심해."

야현은 그 모습에 다시 다가서며 말했다.

"악연을 최대한 빨리 없애는 게 오래 살아남을 수 있는 비결이야."

"마스터로서의 조언인가요?"

"그대를 아끼는 연장자로서의 조언으로 하지."

제갈지소의 눈동자가 요동쳤다.

"본인을 거스르지만 않는다면 그대는 많은 것을 얻게 될 것이야."

야현은 제갈지소의 코를 손가락으로 가볍게 튕기며 몸을 돌렸다.

촤아악!

야현은 그 자리에서 공간을 찢었다.

"응원은 안 해 주나?"

"예?"

"주군이 목숨을 건 싸움을 하러 가는데 응원의 한 마디 정도는 있어야 하지 않나?"

"무사히 돌아오……."

염력의 힘에 제갈지소의 몸이 야현에게로 끌려갔다.

"고맙군."

야현은 제갈지소의 이마에 입을 맞추고는 찢어진 공간으로 사라졌다.

"하아—."

제갈지소는 깊은 한숨을 내쉬었다.

\* \* \*

남궁기는 깨끗하고 새하얀 마른 비단으로 정성스럽게 위패를 닦고 있었다.

그 위패에는 남궁강이라는 세 글자가 적혀 있었다.

올바르게 자란 아이.

자신의 기대에 어긋나지 않고 정대함을 가슴에 품은, 아니, 청천의 두 글자를 가슴에 올곧게 새겨 넣은 아이.

눈에 넣어도 아프지 않을 아이.

앞으로 남궁세가를 책임질 손자이자 소가주였다.

"강아."

남궁기는 애잔한 눈으로 위패를 내려다보며 조용히 그의 이름을 불렀다.

"조금만 기다려라."

남궁기는 위패를 들어 마치 손자의 머리를 쓰다듬듯 쓰다듬었다.

"이 할애비가 너의 복수를 해 주마."

남궁기의 눈은 금세 촉촉해졌다.

촤악!

그때 방 한쪽이 찢어졌다.

"……?"

찢어진 공간 사이로 야현이 걸어 나왔다.

"왔는가?"

남궁기는 소매로 눈물을 찍으며 위패를 탁자 위에 올려놓았다.

야현은 그 행동에 자연스레 위패를 보았다.

그리고 위패에 적힌 세 글자를 읽었다.

"알고 있었나 보군."

야현은 탁자에 앉으며 말했다.

"눈뜬장님이 아닌 이상에야 모를 리가 있나?"

야현을 바라보는 남궁기의 눈에는 그 어떤 살심도 드러나지 않았다. 하지만 야현은 그의 가슴 깊은 곳에 자리 잡은 살심을 읽을 수 있었다.

"딱히 고의는 아니었어."

"허허허."

야현의 말에 남궁기가 소탈한 웃음을 터트렸다.

"자네가 그런 말도 할 줄 아나?"

"우리는 적이 아닌가?"

야현의 화답이라도 하려는 듯 미소를 보였다.

"좋은 일로 만났으면 좋았을 걸 하는 생각이 드는군."

"그럴 일은 없었을 거야."

야현이 고개를 저었다.

"노부만의 생각이었던가?"

"그대와 본인. 가슴에 담은 것이 너무나도 달라. 엄밀히 말하자면 그대는 정(正), 본인은 악(惡). 안 그런가?"

"자네가 그렇다면 그렇겠군."

남궁기는 고개를 끄덕였다.

"차라도 한잔할 텐가?"

"그거 좋지. 우리의 마지막 잔일 테니."

남궁기는 자리에서 일어나 손수 차를 우려내 왔다.

"그나저나 자네, 달라졌군."

남궁기는 야현에게 찻잔을 건네며 말했다.

"달라졌으니 왔지."

야현은 찻잔을 받아 한 모금 마셨다.

그윽한 맛이 제법 정성을 쏟아 우려낸 것이 틀림없었다.

"정말 맛이 좋군."

"그렇다면 다행이군."

"이 맛을 다시 볼 수 없다는 게 본인을 슬프게 하는군."

"어쩌겠나? 자네도 알고 있지 않은가? 인생사가 다 그런 것을."

"그렇지. 그래서 허무하지."

야현이 고개를 끄덕이며 차를 말끔히 비웠다.

그리고 남궁기의 찻잔도 비워졌다.

"여기서? 아니면 준비한 곳이라도 있나?"

"여기서는 그렇고, 후원 연무장으로 가지. 노부의 전용 연무장이라 조용하네."

남궁기가 자리에서 일어났다.

야현은 그를 따라 후원 연무장에 들어섰다.

챙!

남궁기의 검이 뽑히고.

스윽.

야현의 야월이 아공간에서 나왔다.

쏴아아아아아—

그리고 거대한 두 기운이 연무장을 뒤덮었다.

하늘을 보는 듯한 푸른 기운과 먹구름을 보는 듯하면서도 암울함을 주는 탁한 회색 기운. 푸른 기운은 남궁기의 기운이었고, 탁한 회색 기운은 야현의 것이었다.

"흠."

자신의 기운에 뒤지지 않는 야현의 거센 기운에 남궁기의 입에서 무거운 신음이 흘러나왔다.

"고작 석 달인데."

"그대에게 망신당하고 싶지 않아서 제법 무리했네."

야현은 히죽 웃음을 지었다.

"어찌했는지 물어봐도 되겠는가?"

무공에 대한 깊이라면 하루, 아니 찰나의 깨달음으로도 더

높은 경지로 올라설 수 있다.

그러나 내력은 아니다.

인고와 인내.

그 결실이 바로 내공이다. 단기간에 얻을 수 있을 만한 것이 아니었다.

"순수한 호기심이네."

"부잣집 곳간을 좀 털었지."

"부잣집 곳간?"

남궁기는 야현의 비유를 곧 알아차렸다.

대문파의 비고를 털었다는 뜻, 그리고 훔친 물건은 영단일 것이고.

영단이 빠르게 내공을 키워주는 지름길임에는 틀림이 없다.

그러나 한계는 있다.

아무리 뛰어난, 천하의 보물이라고 해도 인간이 흡수할 수 있는 양은 한계가 있는 법.

남궁기는 야현을 쳐다보았다.

"전설에서라도 내려오는 무공을 익혔는가?"

반은 농담이었다.

"전진의 내공이 전설이라면 전설의 무공을 익힌 거 맞아."

남궁기의 표정이 살짝 굳어졌다.

전진의 무공.

전설로 치부하기에는 조금 부족한 면이 없지는 않지만, 그렇다고 무시할 수 있는 무공 역시 아니었다. 전진의 무공은 그만큼 숱한 전설에 가까운 이야기를 만들어 냈기 때문이다.

또한 현재의 곤륜, 화산을 만들어 낸 원류가 아닌가?

곤륜과 화산이 말하기를 전진의 무공은 자신들의 무공보다 뛰어나다고 했었다. 원류에 대한 존경심의 발로인지는 모르겠지만, 전진의 무학이 천하에서 찾기 힘든 뛰어난 무학임은 틀림없었다.

"마지막 담소 아닌가? 궁금한 거 있으면 물어보라고."

"마지막으로 묻겠네."

야현은 고개를 끄덕였다.

"전진의 무공을 익히면 그처럼 빠르게 성취를 이룰 수 있는 건가?"

야현은 고개를 저었다.

"그건 본인의 능력."

"그렇군."

애초에 이해할 수 없는 능력이다.

더 이상의 대화나 호기심은 필요 없는 듯 남궁기는 고개를 끄덕이며 다시 검을 들었다. 그에 맞춰 야현도 야월을 세웠다.

남궁기의 신형이 좌우로 끊임없이 흔들리다가 그 자리에서 사라졌다.

이형환위에 가까운 움직임.

팟!

"크핫!"

야현의 그 순간 좌로 몸을 틀며 야월을 내려쳤다.

캉!

묵직한 쇳소리와 함께 남궁기의 몸이 뒤로 밀려났다.

남궁기의 눈매가 가늘어졌다.

동시에 무거운 신음이 가슴을 짓눌렀다.

달라졌다.

내력만 거대해지고 높아진 것이 아니었다.

야현은 분명 자신의 움직임을 전에는 따라잡지 못했다. 이해할 수 없는 이능(異能)으로 자신의 움직임을 따라왔지만 억지로 꿰맞춘 듯 어색함이 가득했었다.

그런데 이번에는 달랐다.

확실하게 자신의 움직임을 보고, 느낀 것이다.

'좋지 않다.'

무공이 없었어도 자신과 비등함을 보여 줬던 야현이었다.

그런 그가 무공마저 가졌다.

캉캉캉!

남궁기는 허초, 변초를 섞어 야현의 몸 곳곳을 노렸다. 그 때마다 야현은 어렵지 않게 자신의 검을 막아냈다.

그의 검에서 현기(玄機)마저 느껴진다.

사기가 짙게 베였지만 움직임 하나하나에 정통 도가 무학의 향기를 담고 있었다. 하루 이틀 검을 수련해서 익혀질 수 있는 움직임이 아니었다.

오랜 시간 무학을 접하고, 고민하고, 좌절하며 비로소 얻는 깨달음이 있어야만 내보일 수 있는 그런 노련함이었다.

'어떻게?'

앞에서 검을 휘두르는 야현이 정말 그가 맞나 의구심이 들 정도였다.

마치 껍데기만 같은 다른 이와 싸우는 것 같았다.

서걱!

야현의 검이 잡념이 들어선 남궁기의 틈을 놓치지 않고 가슴을 얕게 벴다.

몇 방울의 피가 튀었다.

"어이, 이러면 본인이 고생한 보람이 없잖아."

야현이 야월을 내려찍으며 말했다.

"큭!"

남궁기가 이를 악물며 다시 찍어 오는 야현의 야월을 막아 섰다.

쿠오오오!

그때 야월에서 검명이 터져 나왔다.

그저 그런 검명이 아니다.

맹수가 어금니를 드러내며 살기를 표출하는 울음, 먹잇감을 향한 포효였다.

'검강!'

서슬 퍼런 회색빛 강기가 남궁기의 눈에 가득 찼다.

검기도 다루지 못하던 야현이었다.

강기라는 것은 무식하게 내공만 쏟아 붓는다고 해서 만들어 낼 수 있는 것이 아니다. 만약 강기가 내공의 양만으로 만들 수 있는 것이라면 누가 면벽 수련과 같은 심신 수련을 하겠는가?

하다못해 검기라도 깨달음이 있어야 발현할 수 있는 무학이다.

그런데 검강이라니.

쾅!

남궁기의 몸이 한 장가량 뒤로 주르르 밀려났다.

"큭!"

뒤늦은 고통에 찬 신음.

두 팔이 욱신거릴 정도로 충격의 여파가 컸다. 남궁기는 피가 나도록 입술을 깨물며 다시 검을 틀어쥐었다.

불시의 일격에 흔들린 틈을 놓치지 않고 들어올 것이라 여겼던 야현이 야월을 어깨에 걸친 채 서서 자신을 보고 있었다.

"알아볼 만큼 다 알아봤지?"

"……."

"그럼 슬슬 시작하자고. 우리의 진짜 싸움을."

야현이 히죽 웃음을 지으며 자세를 낮췄다.

쿠오오오!

천둥 같은 울음과 함께 회색빛 강기가 야월의 검신을 뒤덮었다.

달라진 기세.

거침없는 기세에 드디어 살기가 담긴 것이다.

후우우우!

남궁기도 다시 자세를 잡으며 단전을 활짝 열어 기세를 끌어올렸다.

먼저 움직인 것은 야현이었다.

구름 위를 노니는 듯 야현은 가벼우면서도 표홀하게 남궁기의 측면을 파고들었다.

쑤아아앙!

그리고 야월에 잿빛 검강을 담아 허리를 베어들어 갔다.

남궁기는 무거우면서도 중후하게 중심을 잡으며 야현의

검을 막아갔다.

쾅!

묵직한 파음.

그러나 남궁기의 표정이 더욱 굳어졌다.

충분히 무겁지만 검강을 생각하면 너무나도 가벼웠다.

허초.

남궁기의 발이 기묘하게 꺾이며 뒤로 물러났다.

아니나 다를까 야현의 야월이 허공에서 꺾이며 아래에서 위로 치솟은 것이다.

캉!

남궁기의 검이 야월을 흘리듯 옆으로 밀었다.

야월의 궤적이 틀어지자 야현의 신형도 흐트러졌다.

픽!

남궁기가 그 틈을 파고들려고 할 때 야현이 몸을 한차례 회전시키더니 허공에서 남궁기의 가슴을 발로 후려 찼다.

"컥!"

남궁기의 신음.

야현이 남궁기를 향해 다시 일 보를 내디뎠을 때였다.

남궁기의 신형이 뿌연 잔상을 남기며 사라졌다.

'이형환위!'

자신과 같은 권능으로 인한 순간 이동이 아니었다. 극에

달한 움직임으로 시야에서 벗어난 것이다.

쑤아아앙!

동시에 남궁기의 검이 허공을 찢어발기며 베어 오는 파음이 귓가를 파고들었다.

'좌!'

야현은 파음과 동시에 느껴지는 살기에 물 흐르듯이 자연스럽게 옆으로 피했다. 그리고 눈앞을 베고 가는 남궁기의 검이 보였다.

팟!

그 순간 야현의 신형이 그 자리에서 사라졌다.

권능, 어둠의 이동.

그리고 남궁기의 등을 점했다.

야현의 기운을 읽은 것인지 남궁기는 허공에서 몸을 뒤집으며 검기를 뿌렸다.

쾅!

야현은 야월을 수직으로 세워 검기를 막아야 했다.

그렇게 만들어진 한 호흡의 짧은 휴식.

후우우우우웅!

그 호흡 뒤 남궁기의 기운이 급작스럽게 팽창했다.

직감했다.

야현도 바라고, 남궁기도 바라던 싸움의 마지막이 왔다는 것을.

한 수.

그 한 수에 모든 것이 끝난다.

"크하앗!"

야현은 광포한 일갈을 터트리며 남궁기를 향해 야월을 세웠다.


시간이 정지한 듯 둘의 움직임은 멈췄다.

아니, 다른 이들에게는 보이지 않지만 둘은 끊임없이 움직이고 있었다. 둘의 기운이 비틀어지고 허점을 노렸으며, 동시에 의도적인 틈을 드러내기도 했다.

그렇게 얼마의 시간이 흘렀을까.

휘이잉—

싸늘한 밤바람에 반쯤 썩은 나뭇잎 하나가 둘 사이에 끼어들었다.

묘하게 나뭇잎은 둘의 시선을 잠시 가렸다.

팟! 파박!

나뭇잎이 서로의 시선을 가린 순간 둘이 움직였다.

우연은 우연을 낳는다.

둘이 뛰어든 방향도 일치했다.

단숨에 거리를 좁히는 둘.

선공은 야현이었다.

퍼벙— 화르르르르—

남궁기의 앞에서 폭음과 함께 화염이 터졌다.

스윽—

동시에 야현이 공간을 넘어 남궁기의 뒤로 모습을 드러냈다.

쿠아아아아—

검강이 담긴 야월이 포효하며 남궁기의 등을 갈라 갔다.

콰광!

남궁기는 피하지 않았다.

진각을 밟듯 몸을 세우며 빠르게 몸을 틀어 막아간 것이다.

패검 대 패검.

힘과 힘의 부딪힘.

"큭!"

"……!"

둘은 상대의 힘을 이겨내지 못하고 뒤로 밀려났다.

비등(比等).

우위를 가릴 수 없는 일 합이었다.

미세하지만 남궁기가 야현보다 먼저 흐트러진 균형을 잡았다. 그 순간 남궁기의 눈이 부릅떠졌다.

"하아압!"

남궁기는 하늘이라도 무너트릴 듯 거대한 일갈을 터트리며 검을 쏘아 보냈다.

화살, 아니 빛살처럼 빠르게 날아오는 남궁기의 검을 바라보는 야현의 눈동자가 붉은색으로 뒤덮였다.

권능, 염력!

남궁기의 검이 순간 주춤거렸다.

하지만 검은 마치 무형의 막이라도 뚫은 듯 다시 기세를 살리며 야현의 심장을 노리고 날아갔다.

팟!

남궁기의 검이 야현의 심장을 뚫기 직전 야현의 몸이 그 자리에서 사라졌다.

남궁기의 눈동자가 빠르게 사방을 훑었다.

그리고 조금 떨어진 곳, 어둠 속에서 붉은 눈동자를 번뜩이는 야현을 발견한 남궁기, 하늘에서 힘을 주체하지 못하고 부르르 떨던 그의 검이 다시 야현을 향해 질주하듯 날아갔다.

촤악!

야현은 보폭을 넓히며 야월의 검 자루를 힘을 주어 말아 쥐었다.

쿠후후—

낮게 으르렁거리던 검강이.

"크흐흐흐."

야현의 울부짖음과 더불어.

크하아아아아!

더욱 검게 변하는 동시에 몸집을 키웠다. 그리고 마침내 흉폭한 울음을 터트렸다.

'……!'

남궁기의 눈동자가 살짝 커졌다. 그리고 흔들렸다.

검강이다.

더욱 검어졌고, 크기가 커졌지만 검강은 검강이다.

내력만 뒷받침해 준다면 검강의 크기를 키우는 건 어렵지 않다.

그런데 검강이지만 검강이 아닌 것같이 느껴졌다.

불길함이 온몸을 휘감았다.

부순다!

불길함까지.

"으으으!"

남궁기는 어금니를 꽉 깨물며 단전에서 마지막 내력마저 쥐어짜 내듯 끌어올렸다. 기감으로 이어진 남궁기의 검은 그 내력에 검심을 파르르 떨며 더욱 속력을 높였다.

"흐읍!"

야현은 크게 숨을 들이마셨다.

고오오오!

엄청난 자연의 기운이 야현의 몸으로 파고들었다.

그 기운은 야현의 단전을 거쳐 야월의 몸에 담겼다.

기의 중첩에 중첩이 거듭되며 잿빛이 검게 변해갔다.

투둑! 투두둑!

야현의 몸에서 실이 끊어지는 듯한 소리가 단전이 있는 아랫배에서 어깨로 타고 올라와 팔로 이어졌다.

지독한 고통이 야현의 몸을 지배했다.

히죽!

그 고통에도 야현은 하얀 이를 드러내며 웃었다.

대자연의 기운을 이기지 못해 기혈이 터져 나갔지만 상관없다.

이 한수로 이기면 된다!

그리고 치유하면 된다.

남궁기의 피로.

쿠오오…….

굉음처럼 일어나던 검강의 공명음이 사라졌다.

"……!"

남궁기의 눈이 부릅 떠졌다.

야현이 날아오는 남궁기의 검을 향해 야월을 내려찍었다.

투둑! 투두둑!

야현의 팔에서 피부가 터지며 썩은 검은 핏물이 튀었다. 그럼에도 남궁기의 검을 내려찍는 야현의 야월의 힘은 죽지 않았다. 오히려 더욱 강한 힘을 드러냈다.

서걱!

사방을 초토화할 엄청난 충격과 폭음이 터질 거라는 예상과 달리 아주 미세한 소리만이 희미하게 만들어졌을 뿐이었다.

남궁기는 눈을 부릅뜬 채 야현을 쳐다보고 있었고, 야현은 야월을 내려 그은 후 낮은 자세를 유지하고 있었다.

그리고 짧은 시간이 흘렀다.

"푸학!"

야현이 검은 핏물을 토해냈다.

쿵!

그리고 한쪽 무릎이 바닥을 찍었다.

"크흐, 흐으으!"

야현이 신음과 함께 온몸을 사시나무처럼 바르르 떨었다. 그리고 힘겹게 고개를 들어 남궁기를 쳐다보았다.

히죽!

하얀 송곳니를 드러내며 웃었다.

"……"

눈을 부릅뜬 남궁기의 몸이 뻣뻣한 수수깡처럼 뒤로 넘어
갔다.

"끄으."

야현은 부들부들 떨리는 무릎에 힘을 줘 자리에서 일어나
비틀거리는 발걸음으로 힘겹게 남궁기 앞으로 걸어갔다. 그
리고 힘이 다했는지 그 앞에 털썩 무릎을 꿇듯 주저앉았다.

"크크크크."

미동조차 하지 못하는 남궁기를 내려다보며 야현은 웃음
을 삼켰다.

"크하하하하!"

웃음은 대소가 되어 장원을 쩌렁쩌렁 울렸다.

한바탕 웃음 뒤 야현은 남궁기의 목을 물었다. 그리고 피
를 빨았다.


〈다음 권에 계속〉